云海集

[新加坡] 杨松年◎著

天津出版传媒集团
百花文艺出版社

图书在版编目（CIP）数据

云海集 / (新加坡) 杨松年著. -- 天津 : 百花文艺出版社, 2021.2
ISBN 978-7-5306-7950-0

Ⅰ. ①云… Ⅱ. ①杨… Ⅲ. ①散文集-新加坡-现代
Ⅳ. ①I339.65

中国版本图书馆 CIP 数据核字(2021)第 010566 号

云海集
YUN HAI JI
[新加坡] 杨松年 著

策划统筹：王 燕
责任编辑：徐 姗 装帧设计：郭亚红
出版发行：百花文艺出版社
地址：天津市和平区西康路 35 号 邮编：300051
电话传真：+86-22-23332651（发行部）
+86-22-23332656（总编室）
+86-22-23332478（邮购部）
网址：http://www.baihuawenyi.com
印刷：山东临沂新华印刷物流集团有限责任公司
开本：880 毫米×1230 毫米 1/32
字数：130 千字
印张：7.125
版次：2021 年 2 月第 1 版
印次：2021 年 2 月第 1 次印刷
定价：49.00元

如有印装质量问题，请与山东临沂新华印刷物流集团有限责任公司联系调换
地址：山东省临沂市高新技术产业开发区新华路 1 号
电话：(0539)2925659
邮编：276017

目录

乙篇 闽风南渡

丙篇　怀师忆友

丁篇　序跋讲评

杨松年先生的第二副笔墨

◎范军

北京大学陈平原教授早前曾经说过，学者要有两副笔墨，一手操持学术研究，一手挥洒散文随笔。读者手中的这本书所汇集的就是杨松年教授的第二副笔墨。

杨松年教授是新加坡著名学者，曾执教于新加坡国立大学和中国台湾佛光大学，在中国古代文学批评史、新加坡及马来西亚华文文学以及华人民间信仰等学术领域的研究卓有建树，著作等身。长期以来，杨先生除了热心投身于新加坡华文文学研究事业，还曾担任新加坡文艺研究会（新加坡文艺协会前身）创会会长，大力推动华文文学的创作与出版，并且还以风入松、绿云等笔名写作华文散文、随笔，因此杨先生也是新华文学的重要作家，而这部《云海集》是杨先生在中国大陆出版的第一部随笔散文集。

我有幸在几年前的厦门学术会议上与杨先生结缘，杨先生平易亲切，令人一见即倾盖如故。在其后的五年间，杨先生和师母几乎每个月都会来曼谷，这样我们就有很多餐聚晤谈的机会。我太太常说，我们与杨老师、师母会面的频率远远多过我远在中国的父母。积年累月，杨老师和师母与我们已经如同家人一般亲切。我们陪老师一起踏访考察泰国的寺院神庙，随时可以亲炙请益，在为学为人诸方面都获益匪浅。

东南亚新冠疫情肆虐之时，我的小女出生，而杨先生身体不适，家事国事天下事俱令人忧心如焚、焦虑不安。四五月间，杨老师通过微信陆续发送他写的随笔散文给我。这些静观天地、感悟人生的随笔散文，在那段时间，像涓涓清流滋润慰藉着我的心灵。我非常喜爱，也心存感激，有时内心有所触动，不免评议几句。老师不以为忤，反而在随笔散文集出版之际，命我为他的随笔散文集写序。

一般而言，前辈给后学写序是惯例。作为晚生后辈，我在初受命写序之时，一时心意逡巡，不知如何下笔。好在因为我帮杨老师整理这部随笔散文集的文稿，应是这部文集的第一读者，所以我或许可以谈谈这部书的内容和我的阅读心得体会。

这部散文随笔集分为四部分：一、片片云絮，汇集随笔短章；二、闽风南渡，收录散文十篇；三、怀师念友，是五篇怀念文章；四、书序评讲，是为学界同仁所写的八篇书序和书评。

第一部分“片片云絮”，文体介乎散文诗和随感录之间。杨老师自言，这类作品“兴来写作，思来畅言，如此而已”，并不是诗，但是老师也不否认其中不乏以诗笔入文之作。这近百篇短章创作时间跨度很大，前后近六十年。排列顺序应是由近及远，今年的新作在前，年代愈久远的篇目靠后。最早的《看 Lost Horizon》《晨》《雨前》《等待》这些充满少年情怀的诸篇随笔写于 1962 年，那时杨老师应该尚在南洋大学读书。写于 1963 年的《等待》则是文集中罕见的一首甜蜜的爱情诗。而《枯树》《迷蒙的雾》《杜鹃》《榕树》《瀑布》等篇应是写于老师在香港苦读学位的时候，从中可以读到辞亲远游，负笈香江的老师彼时的孤独、思亲、怀乡的浓浓情愫。

值得注意的是，老师在二十世纪七十年代所描写的新加坡乡村热带风光的篇什，如《辩护》《夕阳》《村景》《村晨》等，令人想起泰戈尔的一些散文诗，而这些村景在如今充分城市化的新加坡已经无法再见到了。而作于1978—1979年的《那魂》《冬雪》《落叶》等则是老师在英国伦敦大学做访问学者时的作品。落叶、冬雪都是地处热带的新加坡难以见到的景象，这些异国异样的物候，尤其能够激发独在异乡为异客的游子的思乡之情。写于二十世纪八十年代至九十年代的作品不多，或许是因为其时老师正忙于学术论著的写作，无心旁骛。

2000年，杨老师从新加坡国立大学退休，继而受聘于中国台湾佛光大学。佛光大学位于中国台湾宜兰县林美山上，在山上可以鸟瞰辽阔的兰阳平原和孤悬海外的龟山岛，被誉为中国台湾最美的高校之一。“片片云絮”一辑中的《林美山，很冷》《雨打着十一月的林美山》《日出》《龟山岛》《佛光灵境》《教学心语》等皆是写于执教佛光大学时，字里行间中可见老师满怀对美丽校园的喜爱之情；能在中国台湾继续教学科研生涯，结识新朋友，开辟学术新领域，老师心中自然是充满喜悦与欣慰。

2008年后，杨老师从佛光大学退休，有了更多的余闲抒写胸怀，主题多为游历有感、静观万物、艺术感悟、哲学沉思、忆旧怀往等等。我很喜欢《万物静观皆自得》《林穷路尽又一村》《空》《水乡的梦里》《人生》等，境界幽深，富含哲思；而《这一方河畔青青》《细雨随风至》《山上听洞箫》《静处小园闲独赏》等，则静谧安详，旋律如歌。

除了这些境界精微淡静的篇章之外，老师虽然年届八旬，依然写出《国魂》等这般关怀现实时事，热情如火的篇章；同时也有《清明节想念父亲》等感情浓厚深挚作品。

第二部分“闽风南渡”，十篇散文分别写了云盖寺、大观书院的缘起、南洋闽籍族群的前尘往事、新加坡河今昔，以及那些生活在社会底层的市井小民：码头搬运工、讲古仙、阿莲、树胶厂管理员老张、阿好等。通过这些人物，老师写出了新加坡华人社会的风俗人情、世态炎凉。那苦命却坚强的阿莲、阿好，那晚景凄凉的搬运工和老张，那旷达智慧的讲古仙，莫不活灵活现、跃然纸上。老张的故事还揭示了隐然在新加坡，华人英文教育与华文教育之间的左右支绌的尴尬而无奈的处境。

这些叙事散文，语言精到洗练，人物生动精彩，甚至可以作为研究新加坡社会世情的史料。若不是对生活世态有细致而深刻的观察体验，闭门造车是写不出来如此文章的。我个人最喜欢这个系列，因为它打开了时间隧道的一扇门，让我得以一窥充满怀旧风情、浓浓古早味的新加坡。

第三部分"怀师忆友"，收录五篇怀念师友的文章。其中，怀念导师黄兆杰教授的文章，拳拳深情，尤为感人肺腑。此前每次与老师一起参加学术会议，老师一定会召集朋友、弟子在酒店房间彻夜畅谈，举凡学术选题、研究思路与方法、资料文献搜集与整理乃至学界文坛掌故，无所不谈，有时直至凌晨两三点，余兴滔滔而纵谈至东方既白。读了这篇文章后，才了解为什么老师会如此精力旺盛，原来在香港大学读书时就是这样被黄先生烟酒(研究)夜谈熏陶出来的。

从这篇文章，还可以了解老师早年求学的经历，香港大学指导博士论文研究写作的方法，老师早期对中国古代文论进行理论探索的学术心路历程，这些文字都是启迪后学、金针度人的心法，有心人可以从中学到治学的门径。

这一辑中的其他篇章，有的是对学界朋友的怀念，有的是对星岛侨社前辈的纪念，令我更感兴趣的是怀念与老师同名的高僧松年法师的文章，文中所写的那具有传奇色彩的人生缘分，洵是令人随喜赞叹！

第四部分“序跋讲评”，包括十四篇书序、书评。正如老师夫子自道“早年受明末顾炎武言论影响，不太为人写序跋，晚年尺度渐松”，才有了文集中这几篇书序、书评。这些文章或是为新马华文文学作品作序，或是学术著作的序言、书评。这些书序、书评既有对华文作家的推许和奖掖，也有对学界后辈的评骘和提携。

通读《云海集》一过之后，我两点心得体会写在这里就教于老师。

老师喜欢写随感录、散文诗一般的短章。虽然老师自谦这些短章不是诗，只是兴之所至地记录今日波光、昔时涛影。但是，若照美国诗人爱伦·坡的说法，诗正应该愈短愈好：“‘长诗’是不存在的，这一措词包含明显的矛盾，因为诗以灵魂的升华为刺激，而一切刺激都是短暂的；长诗实际上是由一系列小诗组成的，它不能保持影响上或效果方面的完整性和统一性；在其他情形都相同的前提下，诗的长短就是衡量诗的尺度。”老师的这些短章即是灵光乍现、瞬间感悟的结晶。或是写“气之动物，物之感人，故摇荡性情，形诸舞咏”的“有我之境”；或是写灵犀一点，对境忘机，物我皆空的“无我之境”。这些都是爱伦·坡所说的“灵魂的升华”和生命的感悟。

另外，法国博物学家、作家布封曾有一个西方文论史上著名的观点：“风格即人。”我也常说诗歌、散文、戏剧、小说四种文体中，诗歌、散文是作者最难以把自己藏起来的文体，叙事的戏剧、小说，作家可以隐藏在故事情节、人物的背后，而在诗歌、散文中，作者只能站在第一线直接面对读者，所以在诗歌、散文最能体现布封所说的“风格即人”这一论断。

我在读《云海集》时，文中对美好事物的向往、对艺术的热爱、对不公义的愤怒、对生命的沉思，尤其是少年远游的孤独和人生路口的彷徨，常常会令我心有戚戚，眼角潮湿，仿佛看到了青少年、中年、老年不同时期老师的精神世界和心路历程。

在“闽风南渡”这一辑的文章中，那种对社会底层不幸的小人物的同情悲悯，写到悲苦无助的阿莲、阿好亦能在苦难中开花时，字里行间充满的赞叹和欣慰。这一切皆可以见到作者内心世界的温柔和慈悲。

在疫情泛滥、曼谷和新加坡都封城断航、民众不得不居家避疫的这段时间，老师有关元好问论诗绝句和抗战剧团南洋巡演的两部数十万字的大著又完稿杀青。年届八旬的老师如此勤奋、高产，令我等用无数借口掩饰懒惰、懈怠的后辈惭愧、汗颜不已。

这些天老师又不断有随感陆续分享发给我，看来老师又开始“云海二集”的写作了，相信不久又可以看到老师的新著出版问世。祝愿老师笔体双健，继续用两副精彩的笔墨为我们提供更多的精神食粮！

自 序

从年轻到现在，共写了百余篇东西。片片孤云，乃成云海。人说里头很多短章是诗，我说不是。韩愈以文为诗，所写诗似文，但是诗而不是文。我的短章企图以诗写文，所作是文而不是诗。由于所作是文，可以以诗笔入文，也可以用文笔畅书。可长可短，可松可紧。人说这是散文诗，我则表示也无须如此称呼。兴来写作，思来畅言，如此而已。集内孤云，合计百朵，前为今日波光，后为昔时涛影，云海倒流，或见心路历程。

数年前首访金门，由于任金门燕南书院名誉院长关系，院长杨树清邀我为该院做一专题演讲，讲述十九世纪末二十世纪初福建金门人民大量移居东南亚的情况。回返新加坡后，意犹未尽，写了好几篇跟这主题有关的随笔，今收集在本书“闽风南渡”目下。

年近八十，身边师友，越来越少，感慨之余，乃为仙逝师长好友写纪念文章，也一并收于“怀师忆友”目内。

早年受明末顾炎武言论影响，不太为人写序跋，晚年尺度渐松，写了好几篇序言评论，归于此书“序跋讲评”类。

向来专意于论文写作，文学创作较少，近来闲居在家，感触较多，如前所说，兴来写作，思来畅言，旧作新篇，合一百之数，如前所云，聊表心路历程。

甲篇

片片云絮

岁月静好

一群小鸟拉起天边的灰幔,啾啾搅动些微轻飘的烟云。

我倦了,坐在溪边的木凳上,随手抛下面包碎片。

鱼儿滚动当如天上的烟云。我也陶醉在烟云和溪水翻滚之中。

黄昏，悄悄走过

回家路上，车堵在长堤间，无意间发觉一群黑色飞鸟，从西边橙红的天空向东方静静、慢慢地飞去。

不久，又一群白色的飞鸟，从西边橙黄的天空向东静静、慢慢地飞去。

不久，又有一群身形较小的飞鸟，从西边微灰的天空向东方欢乐跳跃地飞去。

不久，又有……

正沉醉于观赏飞鸟时，孩子烦躁地问，车子怎么这样慢？

他们没有察觉黄昏已经跟随飞鸟慢慢和欢乐地走过。

往　事

我们约好圣诞节见面的。

圣诞节前夕上午十时，我乘机离开旧金山，路过东海岸大道你的住所时，已是第二天凌晨三时。

你等不及了，我刚到家就接到你小孩的电话。低沉的哭声是屋子旁边的响雷，你走时正是凌晨三时。

病床覆盖的白布是我刚刚路经的白色鸡蛋花，飒飒晚风诉说你要跟我讲的许多事。

翻开布单，才深深感觉风是那么凄冷、那么悲切。

好友，那是昨夜我梦中二十四年前的往事。

梦

梦有重量的。

近几晚,老梦见现身新疆大草原。

春天印在满地五颜六色、长短交错的小花上,花上的露珠展露草原的生命。

远处似有马儿奔跑,这里则是静穆一片。

霜,告诉我梦是轻冷的,夹杂着高国藩老师轻微的呼吸声。

人 生

没想到人生如纸卡，可以切成两片。

万物并作——

我来自太虚，华岗始尝人生初味，南园孕育人生意志，黄师启发人生智慧。深探文论世界，漫步新马文学，关怀文艺出版，热心社区工作。

复归其根——

浸润林美山境，沐浴佛光圣洁，引导世华文学，心动泉厦茶艺，陶醉安峰云彩，探索信仰传播，我归于云盖。

致虚极，守静笃。

人生纸卡，可以切成两片吗？

再写人生

范军读了我写的《人生》，表示：或许人生不是两块，而是纸卡的两面。一体两面，相辅相成！

善哉斯言。

就流程而言，先万物并作，而后各复归其根。

就“致虚极，守静笃”而言，深探文论世界，漫步新马文学，关怀文艺出版，热心社区工作，实与浸润林美山境，沐浴佛光圣洁，引导世华文学，心动泉厦茶艺，陶醉安峰云彩，为一物之两面。

当来自太虚，已种归于云盖之后果。

清明节想念父亲

每年都会到祠堂看你,今年决定在家遥祭。

父亲,想当年放学了,最兴奋的,是在人群看到你匆匆的身影,然后是灿烂的笑容。

父亲,想当年大学毕业,毕业生随队列行,我在人群中看到你站立的身影,和那特别兴奋的笑容。

父亲,想当年完成学业从外地回来,你带着微微的笑容说:“我栽种的官兰开花了,知道你一定成功归来。”

今年我不能看到你神像中的微笑了,遥祭中那笑容无处不在。

怀云盖

从藤椅上睡醒，一睁眼，漫天鱼鳞扑面而来。没头没尾的一大片白色鱼身，漂浮在浅蓝的水中。

风乍起，鱼鳞渐渐小了，竟拥挤在一起，向东边慢慢飘去。天空是无边无际的蓝。

我渐渐入睡，醒来，四周一片黑暗，上空很低，是一大黑幕，悬挂点点闪闪的灯火，部分盖在屋顶。一排流星往边际飘落。

我该起身了。

万物静观皆自得

走花园，我不再匆匆而过，时而慢步移动，时而驻足观赏，时而静坐遐思。才惊觉，天地比我先前知道的更宽了。

园边的小花，昨天还是短短的一小撮，经过早上的一阵风雨，它的细枝，已经延伸到路边。葛之覃兮，施于中谷。

这里没有春天，却是九重葛盛开的时刻，花园边上一整排的九重葛开满鲜红的花，枝枝举起红色的火炬，作无声的喧哗。桃之夭夭，灼灼其华。

花园很静，对面树丛忽然传来鸟叫声，另一边树丛鸟儿回应了，清脆的叫声使花园更清幽。嘤其鸣矣，求其友声。

脚下传来咬痛，一瞧，一大群的红蚂蚁和黑蚂蚁在激战，黑蚂蚁数目真多，黑压压的一大片，只只推挤向前。其车三千，旂旐央央。

花园过去不远处有一潭蓄水池，轻雾笼罩宽阔池面，细心观望，蒙蒙看到对面灰色的高岗。秩秩斯干，幽幽南山。

花园里的小花小草，小鸟黑蚁，池水高岗，哪能跟《诗经》中的物事相比，不过却引我吟咏其中。这或是我万物静观皆自得的另一番诠释吧。

这一方河畔青青

这一方河畔青青，天边飘来一朵轻云，心随轻云飘落，随着河水涔涔。河畔，更是一片青青。

这一方林园静静，远方传来悠悠琴音，心随琴音飘落，树丛洒脱洁净。林园，更是一片静静。

这一方星空幽幽，四处传来星星细语，心随细语轻动，化为连串祷告。星空，更是一片幽幽。

细雨随风至

细雨随风至,洒落海面,千丝万缕都不见,只化为朵朵涟漪,点缀海面。

细雨随风至,洒落湖面,千丝万缕都不见,只化为朵朵莲花,点缀湖面。

细雨随风至,洒落心坎,千丝万缕都不见,只化为纤纤素手,抚平心澜。

听刘家军弹琴

他轻轻地一挑，细细的波浪卷舒海面。
他高高地一拉，高大的独鹤直飞九天。
他重重地一拂，千军万马直扑沙场。
他一再地滚、历，颠颠倒倒的醉汉展现惊人的豪气。
就是一把古琴，竟把天地人揉在一起。

国　魂

黄河再一次怒吼，
长江再一次汹涌。
一个号召扣紧亿万颗心。
“武汉加油”不只是一个口号，
加油的熊熊烈火铸造一座新的长城，
它的名字叫国魂。

林穷路尽又一村

遥想那段行走在浓郁树林的梦境。

车子原奔驰在公路，一拐进黄土小路，就颠簸慢行。

四周暗了起来。亮了车灯，打开车窗，树叶飒飒声响夹杂断断续续的猿啼。

不见猿猴身影，只见无边落叶萧萧地下。

小路尽头了，四周亮了起来。

远山在薄雾中含笑，一道瀑布从山头直奔而下，冲向山脚一排茅屋。

待抵达茅屋，才知跟瀑布还有一段很远的距离。

瀑布哗啦哗啦地溅扑岩石，宛若也扑到我们的身上。

此刻深切明白，林穷路尽又一村。

再听刘家军弹琴

琴音带来一池幽静的湖水,小桥静静,湖亭静静。
一只白鹭自湖面飘过,轻皱一池清水,把古带到今。
醉了的不只是幽静的桥亭清波,
醉了的是心中微微荡漾的湖水。

山上听洞箫

洞箫低沉声自天际响起,随着一群鸟儿飞来,散集在山边老树,树叶片片落下,洞箫声也飘落草地。

洞箫低沉声自天际响起,渡过云海缓缓传来,传到山边茅屋,屋前两三小狗相互追逐。

洞箫低沉声自天际响起,随着我的足迹向山边飘去,飘到悬崖无路时,坐看云雾山间起舞。

一帘幽梦

古琴和洞箫的交响谱出一帘幽梦。
梦里流水潺潺，风声飒飒，鸟鸣关关。
梦里树影晃动，落叶飘下，鱼跃湖中。
梦里水墨淡淡，落笔轻盈，意在笔外。
人说梦是幽的，到老年才深切体会。

那 湖

犹记得那年同心协力,开拓那湖,澄清那湖。
雄心壮志,湖水明镜,真令人念天地之悠悠。
一切虽随长风万里去,大业已在寰宇立千秋。

静处小园闲独赏

沏一壶清茶，独饮溪边傍晚的宁静，椰影舞动西天的云霞，白头翁穿越在老树的枝丫。

展一幅画卷，独走山间羊肠小径，松涛音响满山摇荡，不见人踪，远处山路还在云端。

听一首琴曲，独赏悠悠曲折流水，伸展开来。水鸟翩翩，或在水流集结处，或在水中央。

古筝琵琶

古筝柔和展现两岸静谧村庄的身影,琵琶滴滴的是水流跳跃的声音,村影水声契合处,琵琶筝韵落空无。

古筝传来幽幽的清愁,琵琶窃窃如细语。送别十里亭外,望眼方知天阔,乐事回首空。

古筝是闺房凄厉的哀怨,琵琶嘈嘈杂杂是心底的混乱。遥闻胡笳羌笛声响。昔我往矣,雨雪霏霏。

看　云

早上的云，是烟，是雾，四处飘忽，蒙蒙中没有你的影子。

午间的云，遍布满天，或如波浪重叠，或如轻棉飘飞，或如黑幕压顶，各展英姿。

黄昏的云，或紧贴天边，一动不动，等待暮色的来临。或抖擞精神，极尽余力，散发满天的金光。

听到你的声音真好

听到你的声音真好，
像屋檐下的燕子，期待远方的雷鸣，
像花园里的小草，期待纷飞而下的细雨，
像河边的巨树，期待浑身冲击的刷洗，
听到你的声音真好，
低沉的音响似远古的鼓声，
轻轻的话语如丁丁的琴音，
豪迈的笑声是波涛的回响。
听到你的声音真好，
声音是一帖强心剂，
面对种种困难；
我迎上前去。

走在溪头竹林的小路上

走在溪头竹林的小路上，两旁修长的绿竹摇荡种种遐想。

小路无人，只有密密麻麻的绿竹与我相伴，没有风声，没有竹叶响，静静竹影摇荡，使我想起唐人的诗句，多希望能听到竹丛传来下棋的声音。映竹无人见，时闻下子声。①

我的思潮回到年轻时，在加东为一收藏家孩子授课的往事。宽大的厅堂悬挂名家书画，进门处有一屏风，上刻几笔竹叶。厅外正风雨交加，枝叶摇曳，寒意袭来。屏风有题画诗：君看萧萧只数叶，满堂风雨不胜寒。②

记得登黄山的日子，雪花开始飘下，风吹竹叶沙沙作响。雪花盖着竹叶，青白交映，竹干或弯曲，或挺立。而沙沙的叶响，让我醒觉竹绝对不能离开风，也想起宋人的诗句：高枝已约风为友，密叶能留雪作花。③

---

① 白居易《池上二绝》之一中的诗句。

② 李东阳《柯敬仲墨竹》中的诗句。

③ 陈与义《竹》中的诗句。

苏州河

昨夜梦里，
流入一湾苏州河。
我从河桥上走过，
水涛声流露生灵的呜咽。
两旁树影映出敌人的尖刀，
河畔的烟雾仿佛无情的炮火。

昨夜梦里，
流入一湾苏州河。
我从河桥上走过，
迎面的祥和是静静的河水。
宽敞的桥面是大国的胸怀，
壮观的河景是醒狮的雄姿。

水乡的梦里

——同里的夜

水乡的梦里，
拱桥弯出一叶轻舟，
木桨摇动树梢月影，
破碎波光向两岸缓缓流去。

梦里的水乡，
黑夜布幕点缀斑斑点点灯光，
河畔草丛轻奏阵阵啾啾鸟声，
木板地偶尔传来挑夫声响，
河面惊见几点箭似的黑影。

云　隐

天际的白云，隐藏一片灰影，阵阵琴音从那儿传来，灰影是琴声的故乡。

天际的白云，隐藏一片灰影，一群鸟儿从那儿飞来，灰影是鸟儿的家园。

我孤独地坐在海德公园椅子上，望着天际的云，叨念灰影的秘密。

放下你的鞭子

广场上铜锣声响起，
女儿拿着破碗向人群行乞。
漠然的反应激起父亲的怒气，
一声声，鞭子落在女儿身体。

放下你的鞭子，
一个不平的青年高喊。
你没有殴打女儿的权利。
围观的群众响起同样话语。

我们从东北流落这里，
日寇摧毁我们的家园，
杀害我们的兄弟。
没有大家的帮助，
我们怎么活下去。

打倒日寇，驱逐日寇。
围观群众激情高喊。
有人把它编成戏剧，
有人把它留在画图里。

期待阳光

风重，猛烈刮来，不要以为它带来清凉，却是满楼暴雨。

云重，堆积满天，不要以为它消除炎热，却是隐藏雷电。

只有太阳露脸，阳光普照，风雨云电，必定消散无形。

走出，人生

有人说：人生每一次出走都是为了更好地回来做自己。

走出，方知人生道路曲折险恶。

走出，方知人生海洋恶鳄巨鲸。

走出，方知人生世界魑魅魍魉。

走回，还认得原来道路吗？

走回，可挣脱遍体创伤吗？

人生啊，何须走出。既没走出，又何须走回。

然而，谁能不走出人生？

丰盛港乡间的夜

雨后,我们停在丰盛港大草场边。

已是黄昏过后,空气飘着淡淡的咸味,感觉我们离海不远。

暗了,周围乌黑一片,没有路灯。

蛙鸣处处,此起彼落,夹带波浪溅扑海岸的声响。

天空星星闪烁,离我们出奇的近,仿佛伸手可摘。

我们,无语,静静地沉浸在离星星很近,

离大海稍远的丰盛港乡间的夜。

雪压松柏

泰山道上，
雪压松柏，
满山白色偶露几处深绿。

泰山道上，
两旁松柏，
满身斑驳依然挺直站立。

冬天过后，
满山松柏，
将穿一身军装迎风摇曳。

静静的浦东运盐河

静静的浦东运盐河，
说有八百多年一点也不老。
两岸柳树，
指挥月影摇曳。

静静的浦东运盐河，
说有密密盐船一点也不像。
平静河水，
倒映满天云彩。

静静的浦东运盐河，
说有热闹人群一点也不是。
漫长小径，
散见三五游人。

岁月似水流过

岁月春秋，似水流过。
春天告诉夏天，
日子饱满希望。
夏天告诉秋天，
生活非常实在。
秋天告诉冬天，
工作极其忙碌。
冬天告诉春天，
我们快乐地在一起，眼看
岁月似水，春秋流过。

空

终于有些领会什么是空了。

墙壁破一个大洞,空白处,白云飞过,风雨飘过,鸟儿越过,月儿走过。它什么都有。

画家画两三竹叶,空白处,叶子掉落,行人经过,鸟兽跳过,溪水流过。它什么都有。

说有实无,称无又有。空既无且有。

唉,皮相的领会而已。

太虚·空

太虚是虚，自然是空。天地万物所从出，又怎会是空。

太虚生天地，自然非空。氤氲聚散，视之无形，听之无声，怎可说是空。

氤氲聚聚散散，散散聚聚，天地万千变化，人类死死生生，有谁记得太虚。

致虚极，守静笃，我进一步领会太虚，领会什么是空。

读《旅夜书怀》

一切都该终结了，
你孤独地站在江边停舟上，
岸边芦苇摇着微风，
高高的船桅直指天空。

一切都已完结了，
你憔悴地站在江边停舟上，
星星覆盖辽阔大地，
汹涌江水搅弄月影。

一切皆成泡影了，
你纠结地站在江边停舟上，
头上的桂冠嘲笑你，
身上的官袍捉弄你。

这一切又算什么呢？
飘忽的身影无助的怅惘，
宽敞的天地里，
彷徨孤独的沙鸥。

风

当我端视院里的花儿时，
我触摸到风，
风带给我满鼻子的花香。

当我注视溪里的流水时，
我触摸到风，
风带给我内心的清凉。

当我沉醉于天上的云霞时，
我触摸到风，
风带给我神游的飘荡。

当我看到飘拂的领巾时，
我触摸到风，
风带给我亲情的温暖。

当我听到悠扬的琴声时，
我触摸到风，
风带给我一身的舒畅。
风，饱含天地人的力量。

赛龙舟

鼓声喧天,万桨齐发。
蛟龙奔腾河面,
泽畔的沉吟哀怨,
已化为英雄的呼喝,
随着桨影划向一个又一个世纪。

今日,巨大的神龙,
跨越在四海,
奔飞在五洋。

喜来登高楼望天河夜景

打开窗帘，
哇，世界一片喧哗，
我似乎站在千盏灯光的云端上。

隔邻是层层叠叠的楼影，
底下豆小的车辆排列，
蚂蚁般的人影晃动。

远处一大体育场，
宛如一潭清池，
空荡无人。

细细的公路蜿蜒，
路灯密密地
两旁插立。

偶有消防车经过，
笛声震动天地，
却不见车影。

历史是一张巨网，把
曾经的农田小屋，
曾经的溪流小桥，
吸得干干净净。

想元好问

并州梦碎，
刘越石、曹孟德，
全成梦中泡影。

南窗高卧，
难消满腹凌云志。
万古英雄气，
不到山西秀容乡。

野史亭内，
墨香笔韵。
犹存中州感慨，
鼓吹余音。

莫问世间，
情这一字。
尽是国殇，
直教死生纠缠。

那只小鸟，在岩石上

那只小鸟，在岩石上，振翅欲飞。空中，乌云开始聚集。一群鸟儿穿破乌云，清脆的叫声，声声召唤。

那只小鸟，在岩石上，振翅欲飞。空中，乌云更加聚集。那群鸟儿穿破乌云，直向远方飞去。

那只小鸟，在岩石上，振翅欲飞。它害怕乌云，害怕闪电，害怕大雨一来，没法在空中飞行。

那只小鸟，在岩石上，振翅欲飞。闪电打击着它，大雨袭击着它，它振翅欲飞，已不能飞了。

终南进士

在福州城隍庙,一幅五十八字长联深深地吸引了我:

结什么仇,造什么孽,害什么全家生命,为饶你颠倒是非,半世竟夸权在手;

占尽了利,占尽了名,丧尽了天理良心,且看他荣华富贵,一朝终有雨淋头。

终南进士,难怪你脸黑如铁,怒发冲冠,利刃出手。

近来常去上海探访长子,在豫园城隍庙,一对楹联迎面而来:

> 做个好人,心在身安魂梦稳;
> 行些善事,天知地鉴鬼神钦。

终南进士,难怪你虬髯微飘,心花怒放,把玩利刃。

三余图

看仰章同学所画《三余图》，三条小鱼，优游戏水，神气悠然，不觉呆了。

冬者岁之余，夜者日之余，阴雨者晴之余，此三余之谓也。

那年冬季伦敦圣诞夜，和小弟去看戏归来。积雪满地，天空还飘着雪花，我宛若也飘入雪堆里，遂分不清我是雪，雪是我了。那种感觉，百本书也不能给予。

那年夜晚在高楼，楼外是一片广袤的星空，星罗棋布。想古人上观天文，下察地理，可衍申八卦，洞悉人生道理。我不觉感叹，学问就在天地里。

那天在屋后小园，是在翻查计算机数据后去的。天灰黑，雨开始缓缓而下。远处树是云，云是树。近处九重葛迎风摇曳，罗汉松挺直腰板，似在迎接盛宴的来临。三五成群白鹭，一批批向北飞去。小小黄鸟，枝丫间不断跳跃，是高兴大雨的到来，还是由于恐惧而不安。离开计算机，你才真正感到生命的活力。

冬者岁之余，夜者日之余，阴雨者晴之余，此三余之谓也。

古人呼吁充分利用三余用功读书，其实三余之妙，在文字之外。

回家了,渔者

回家了,他,渔者,慢慢踏上归途。

他一大早就在湖边下钩垂钓,晨光弥漫湖面,他钓了一早上的晨光。

他一下午就在湖边下钩垂钓,和软的微风吹拂湖面,他钓了一下午的和风。

他整个黄昏就在湖边下钩垂钓,红红的晚霞倒映湖面,他钓了一整个黄昏的彩霞。

回家了,他,渔者,慢慢踏上归途。渔竿上挂着晨光、和风与彩霞。

它端坐在墙头

我打从它背后经过。

它,好大的一只猫,动也不动,端坐在墙头,在欣赏眼前的景色?

我打从它背后经过。

它,好大的一只猫,动也不动,端坐在墙头,眼前没有什么景色,它在享受轻拂的晚风?

我打从它背后经过。

它,好大的一只猫,动也不动,端坐在墙头,周围没有轻拂的晚风,它在观望天边的晚霞?

我打从它背后经过。

它,好大的一只猫,动也不动,端坐在墙头,天边没有绚丽的晚霞。

我打从它背后经过。

它,好大的一只猫,动也不动,端坐在墙头,四围就只是空、空、空。

林美山,很冷

十二月。林美山,很冷。凄厉的风,在屋角,在林间,嘶喊着。

从云起楼走出,黑暗随着我的脚步,移动。走在下山的阶梯,仿佛走向黑暗的深潭。

抬头望去,兰阳平原瑟缩着,冷冷的眼散放着微弱的光。

我迅速地走向宿舍,迅速走入梦里。梦里,期待一阵温暖的风吹过。

明日梦醒,林美山将裹在晨曦里。祥云下,微风吹拂,鸟鸣嘤嘤,兰阳平原正伸出温暖的双手,问候经过多夜磨折,仍然脸带笑容的令人敬重的龟山。

雨打着十一月的林美山

日夜不停的雨,打着十一月的林美山,也打碎我的心。

两年前的十一月,我也是在蒙蒙细雨中登上林美山。当时也和今日一样,眼前的山山树树都裹在迷蒙里。然而望着周围的景象,感受着宁静的气氛,想着将来要在这里展开未完的工作,顿时"尘累每消,滞情融朗",迷茫的氛围突然晴朗起来了。我就带着阳光的心态,在这里传授世界华文文学和中国古代文论的知识,在这里与同学合作创立世界华文文学研究网站,在这里和同事合作筹备设立南洋文化学会的民间组织,在这里设立世界华文文学研究中心,在这里主编世界华文文学作品论析丛书。有些工作已经开始,也有一些小成绩,有些则刚刚起步,然而这些动作已引起学术界的注意。

看着小小树苗一天一天成长,园丁欣喜的心情自可想见,一些同学也早就感染了我的喜悦气氛。

然而,也是在十一月,一纸无情的函件,像一把利剪,割裂着期待的心灵:信字在这里失去原意。眼前的山山树树没有青翠的影子,周围的环境更处处有忧郁,处处有烦躁。我心中响起的,已不再是如何让网站更加精彩的召唤,不再是如何与同学合作推出一系列工作计划的喧闹。归去,不如归去,我的心一直跟这样的声音挣扎着。

然而就让未完的工作,再一次未完吗?

唉!日夜不停的雨,打着十一月的林美山,也打碎我的心。

我不数星星

我不数星星，星星太遥远，数也数不尽。

我不数日子，日子太贴近，谁也不知道数完的时候。

我只数同学们数不尽的笑语和问候。

我只数先辈们登临码头后以心血化成的无数笔下园林。

我只数父亲生前灯下无数的哀叹和点点的叮咛。

我不数星星，星星太奸诈，总是不停地眨眼。

我不数日子，日子太平淡，平淡得令人咽不下去。

船

船不分昼夜,开足马达,向前奔驰。

他把白云抛在后头,把岛屿抛在后头。他嘲笑飞鸟比他慢,风儿赶不上他。

蓦地,他不禁怔住,原来他跑回了原地。

圈圈啊,圈圈。谁能跳得出圈圈。

放　下

当北风放弃愤怒，呼吸中才有花儿的芬芳。
当急流放缓脚步，移动中才有鱼跃的喜悦。
当躁急的心放下，生命才会
飘忽着花儿的芬芳，鱼跃的喜悦。

日　出

天边一帘灰幕，布幕前，兰阳平原屏住呼吸，等待巨星来临。

布幕上突现一道金光，一轮红日往下窥探。

台前观众振奋了，个个伸出金黄的手，挥动着。

天地间一片无言的喧哗。

龟山岛

云潮天上汹涌，山龟海面浮沉，周边树木万千军马压境。

潮云海面闲荡，龟山孤坐沉吟，悠悠吐出诗句，周遭海水青青。

观画人原拟观画，却被图画描入画图里。

佛光灵境

初次来到佛光校园，是在今年九月间。“纳莉”台风吹毁北宜公路，铁路交通也中断，我就在这种情况下，沿着迂回的海滨路，在阴雨绵绵中登上校园。

校园是在一片蒙蒙的浓雾中，雾很大，伸手就能一把抓。在蒙蒙中我听人说山的对面是一片平原，平原远处是龟山岛；也在蒙蒙中听文学所的小姐说文学所的一切。可以说我是在一片蒙蒙中进入校园，也在一片蒙蒙中离开。

然而我对佛光却是一片阳光的。多年前，在台北和平东路的咖啡馆里，听校长向学术界友人谈他的办校理想，谈他开设学科的计划，怦怦的心动已使我立意在结束新加坡的教学生涯后，在这里开展第二学术生命。

为这段新生命，我做了多时的规划：如何通过科技设备将学识更有效地传授给学生，如何在东南亚区域外，建立另一个堡垒，使东南亚华文文学研究走出东南亚，成为国际学术社会关怀的领域。

第二次步入佛光校园，是阳光普照的十一月。迂回的山路增添了校园的奥秘，路边的巨石：离垢天，广妙天，净化了进山人的心灵；十六亭桥开阔了人们的眼界。就在荡胸净灵的境况下，我进驻了云来集（宿舍），云起楼（研究室）。云起云来，确实点出了佛光的灵境。

坐看云起，在这里可以得到印证。荡胸生层云，也并非虚言。而更动人的是,在微风中,云飘动了,缓缓起舞,飘过树梢,飘过屋角,飘入研究室,坐在办公桌前也仿佛坐在云端。

我尤其喜爱校园的清晨。早上的太阳,印在海面,印在田圃。橙黄色不但印染天际,也使大地处处映现太阳的影子。夜晚明月独照,晴空无云,空山我独行,踩着月光,从云起楼步下云来集,周围是银灰色的山林,远处是宜兰平原的灯景,我仿佛置身于图画中,其实我也是画中的一员。

我喜爱校园的美景,也喜爱校园的人文环境:同事间、同学间认识的不认识的,见面都会点头问好;叙谈时痛快地畅谈学术人生社会,晚饭后在乒乓球室里欢愉地交流。我有信心我的新学术心愿会在这里实现。

教学心语

岁末的林美山，陶醉在一片静谧的寒意中。

每天破晓时分，我从云来集，望着远处灰绿的山林，走向云起楼。其实我清楚，在我背后，千变万化的宜兰平原，正在观望着我一步一台阶地，走向山林。

我的内心是平和与充满喜悦的。特别是踏入教室，望着讲桌上同学们为我准备的一壶热茶，温暖的情意更牵动我喜悦的心。教室是老师和同学互动最直接的地方，同学们的情意在这里最能够充分地表现出来。几声问寒问暖，就让人感到浓浓的温情。更让我感到不好意思的是，当放映 PowerPoint 的"单枪"出现问题时，大家或者前来帮忙，或者跑到宿舍去拿她的笔记本计算机，或者前往信息中心求救，表现了十足的团队协作的精神。

在教学上，同学们的积极互动也让我十分安慰。我一向认为，讲坛不只是老师显示学问的地方。站在讲台上，老师的重要责任是有效地把有关的学识传达给同学。所谓有效地传达，是传达者的经验通过语言及其他媒介，唤起接受者相同的经验。假设讲者归讲者，听者归听者，不能产生有效的交流，即使讲者学识再丰富，也不能称得上是成功的教学。因此我非常在乎同学们的反应，也常常根据他们的反应来调整我的教学方法、教学语言、教学步骤。很高兴的是，同学们都能很好地和我配合。

一对一教学是从来不曾有过的经验，却让我在这里碰上了。为了更有效地教学，我放弃了传统的讲台式的授课方式，改为充分利用计算机，并采取更为贴切的不断一问一答的教导方式。据同学反应，效果不错。这提供了我全新的教学经验，今后当我面对较少学生上课的情况时，可以采取这种授课方式。

龚校长显然清楚我的研究专业，也清楚我在新加坡大学二三十年来开设的课程，因此要我在这里开设两门课：世界华文文学和中国诗学研究。这可减轻我备课的负担，也可让我更有时间积极在这里推行东南亚文学的研究工作，积极地在这里培养研究东南亚文学的生力军。我期待着东南亚文学研究可以在佛光发出夺目的光芒。

我将以平和与充满喜悦的心推行这项工作。

英雄·刀

英雄,不能没有刀。

宝刀佩在身上,英姿飒飒。热闹的大街上,仿佛只有他一个人的身影。客满的酒肆中,也仿佛只有他一个人在豪饮。

英雄,不能没有刀。

宝刀出鞘,风云变色,冷月畏避。刀光挥舞,人影滚动。满地落叶漫天飞舞,周围树木颤抖,大地也颤动。

英雄,何必要有刀?

他端坐在营帐里,眼前只有几篇公文。挥手间,英雄恭敬地立在他面前。宝刀仍然佩在英雄身上,英姿飒飒。呼喝中,英雄向他鞠躬,匆忙向营外急奔而去。不久,远处传来刀光血影,以及英雄殉难的动人故事。

悲哀,从英雄的刀鞘摇落。

观　画

我打开一本古旧的画册：

微云的天空，傍着一轮圆月。银光染着月色，也散落在池塘旁垂杨间的小径上。

你持着手杖，踏碎树影，慢慢地向远处山林前的茅屋走去。

手杖笃笃的点地声，回荡在池面、树梢，直向山林传去，有若深山伐木丁丁的声音。

看！吴刚伐桂的形象，不正映现在圆月里？

我合起画册，将圆月、垂杨、你、吴刚、桂树一并揽在怀里，我的心却浸淫在杜甫的诗句里：

斫却月中桂，清光应更多。

河　流

不要问地面有多少河流，只要河水还在流动，总有一天会汇集在大海的怀中。

或许是从贫瘠的山地，沿途怪石嶙峋，曲折崎岖。

或许是从茂密森林，听惯林啸风号，猛兽暴吼。

或许是从肥沃的平地，路上有柔风爱抚，鸟语助兴。

都汇集了，汇集在大海的怀中。

海面波涛汹涌，海底珊瑚万种。不同的河流有不同的梦，在这里完成一个大同。

注：本文为“阿裕尼文学与翻译学会”成立而作。南洋大学诗社停办，不同出身背景爱好文学的同学遂汇集在阿裕尼联络所，继续未完成的梦。

黄昏·老人

再也没有多少岁月可供砍伐了，黄昏是残烛，焚烧在凄苦的风里。雪白的发丝混拌着飞转的刀影，在昏色中散出点点寒意。

那一年离乡的儿子回来了。凄苦的风有了喜悦。久皱的脸皮松懈了，他双手紧紧地抓住儿子的臂膀，儿子把几百块钱塞进他的手里。

这不过是三五分钟的事，儿子被车里那女人唤了回去。甜蜜就像逝去汽车所扬起的泥沙，蒙蒙地翻滚在他的脑际。蒙蒙中有真实，真实又迷离。

从此不再看到儿子的身影，那几百块钱还塞在他的腰际，有了它就像把儿子和他拴在一起。

挥起几十年不断挥动的砍草刀，草儿纷飞，刀影闪动，孤独的风中残烛，摇曳成将逝的昏色。

赛龙舟

依然以祖先的方式——
鼓声,从远古一直响到现代。
桨影,不断从古典荡到新潮。
众桨齐举,海面碎裂,浪花四溅。
鼓声如雷,灰云翻滚,上天变色。
岸边众人呐喊,热浪沸腾。
有谁听到海底由汨罗江传来的幽幽呜咽?

花的故事

冰心说:“墙角的花,你孤芳自赏时,天地便小了。”

我说:“天地小,难道就不好吗?”

几经辛苦才钻出洞隙,刚抬起头,鲜艳夺目的花,就开始咀嚼后悔的涩果。

一阵赞美过后,一只柔嫩的纤手,竟狠狠地把她从洞里连根拔起。回忆已化为一部古老的册子,册子里夹着一页页的日记。

月光如水的晚上,水银流进洞里,蚯蚓轻轻地翻滚,池水喳喳喳地细语。

太阳高照的白天,洞里昏暗一如黄昏,蚂蚁忙碌地喘息,蜗牛笨重地缓步。一切是清新又凄迷。

凄迷,凄迷。后悔的涩味开始刺激她的每一根神经,花儿憔悴了,头缓缓地下垂,垂下。

那　魂

自骑蓝色兽三面张望之后，如今以一支折戟[1]，冲刺在已芜的园圃。潇洒不羁游魂的神姿，已化为我眼里的惊讶。

想昔日你苦读于晦暗如庵的小楼，我则追寻于艰苦的姜斋。[2]

如今晦庵不再，姜斋不再。那魂，却脱颖而出，嗒嗒地奔驰在已芜的园圃，踏出一条道路。

从童稚步向成熟，从忧悒迈向潇洒，那魂灵性的眼里，有错综的情怀，有广阔的原野。

回首处，惊见那魂，披着一身阳光，屹立在太平洋北部小岛上，那很旺很旺的一角。

---

① 《折戟》是香港诗人羁魂的第三部诗集，前两部诗集为《蓝色兽》与《三面》。

② 认识羁魂是在 1969 年，那时他居住在九龙一间晦暗的小楼，专心撰写朱熹诗论的论文，我则住在一间更小的斗室，读王夫之的诗论。王夫之，号姜斋；朱熹，人称晦庵先生。

冬 雪

冬夜过后，才出门，却见满街满树，一夜之间，披上一层雪白。

雪花犹如柳絮，迎面乱扑。孤寂的旅人，心比柳絮还乱，脸比雪花还白。

回忆虽说有如翻阅单调的旧账簿，纵使是最简单的字母，我仍然看到你光彩的明眸。

明眸里，有青色的海洋，你望着海鸟在海面捕捉猎物。

明眸里，有绿色的园圃。风乍起，笑弯了园里的绿草，也笑弯了你的腰。

今天虽然不是七夕，却希望在雪花中乱飞的鸽群，何不仿效喜鹊，搭座万里鸽桥，我将毫不迟疑地踏上，回归我的故土。

至少，我相信，今夜，那鹊桥将展现在梦中的道路。

落　叶

一夜秋风，摘落树树枯叶。

枯叶，仰卧地面，以无神的眼，探索杈丫的树枝，似有无限的怀念；探索昏灰的天空，似在希望：缥缈的天际，飘来柔白的云朵，和着清脆的鸟鸣。

仰望着、瑟缩着、喘息着。片片落叶，却不屑互相望上一眼，偶尔有风吹来，擦身而过，才有刹那的招呼，之后又是一片瑟缩和喘息。

在这萧索秋季的国度，我也是地面上的一片枯叶。仰望着灰灰的天，灰灰的树，灰灰的屋宇，只有瑟缩和喘息。几次招呼身旁其他落叶，换回的是冷峻和无语。

什么时候会有一阵风，吹我回温暖的故土，那时我将化回树上的一片绿叶，和着树树的叶群，狂歌、细语。我原本就是温暖故土的一片绿叶，在这萧索的国度，只能以一片枯叶，仰卧地面，瑟缩和喘息。

元旦有感

刚跨过十二时钟声这道门，一九九七年立刻把门关上。回首门内，景物已是模糊又模糊。

眼望前路，是浓浓的雾。我知道踏步向前，将堕入重重又浓浓的雾中。

我仍然决心踏步向前，虽然知道当一九九八年把门关上，门内的景物也将是模糊又模糊。

流　星

黝黑的夜空，是一条黑巾，紧缠着他的喉管。他鼓勇挣扎，伸出双手，抓到的是两掌的黑暗。

那一夜，他发起狂，挣脱黑巾的纠缠，奔驰在黝黑的高空，身上发出万丈光芒。地面的人们惊愕了，仰望天空，指着他，交相赞扬。

那不过是刹那间的事，他累了，停下脚步。于是没有光芒，没有赞扬，天空依然一片黝黑。

于是，他躺在宇宙的另一角，喘息着，喉管依然紧缠着那一条黑巾。他缓缓地伸出手，抚摸的是遍体摩擦的伤痕。

望 海

望着汹涌澎湃的海浪,我的心也为之沸腾不已。

是汹涌澎湃的海浪冲击我的心，还是我沸腾的心使海浪汹涌不已。

不,海就是我而我就是海。

不信,请按按我的脉搏,你可以感到大海心脏的跳动。

命　运

椰树不论怎样攀升，直到死去，不能离开方丈土地。

汽车不论怎样飞驰，当它停了，还是留在有限的陆地。

卫星乘着超速的火箭，勇冲直前，最后还是要停在受到牵制的轨道上。

千里跋涉的人生旅客，倦了不妨趺坐，也许会醒觉：

南柯梦里，南柯梦外，就在一心的灵悟里。

五　月

踯躅江畔，杂乱的蔓草一如你散乱的蓬发。

一轮红日以懒懒的弱光，照射着江畔的乱石，照射着乱石上的青苔，却照射不到你凌乱行吟的足迹。

江水哽咽，是你两千年来持续不断的叹息？

唉！投入汨罗江的那一响，曾经震动千万人的耳膜，如今不过是人们过日过节的小插曲。

回到家，只听到小儿大声呼嚷：怎么今年的粽子这么少虾米？

坐看日起时

日起时,公园贴在金黄色的天空。

无风,无人。树木杈丫,蔓草参差,静静地贴在公园里。

我静坐着,暗喜这一幅晨景只收在我的眼帘。

一道黑影从脑后掠过,才惊觉:

朝阳、树木、蔓草、公园,包括我自己,早以收入飞向高空老鹰的眼底。

荷叶上

荷叶上静伏一只青蛙。荷叶，青蛙，随风飘摇。

好动人的荷叶，好逍遥的青蛙。路人不禁赞赏。

谁知道，青蛙正屏息，眼露凶光，等候着荷叶旁飞来飞去的水蚊。

掌

广敞的平原，千万条河流，错综地分布。平原远处，耸立着凌云的五根巨柱。

笑孙悟空历尽千辛万苦，翻山越海，到处学艺拜师，结果还是翻越不了那五根巨柱。

何不结舍于河道交叉处，忙时割割草，闲时钓钓鱼，种种花，雅兴一起，就仰卧平原，眺望白云相逐在那五根巨柱。

追

西山追逐落日，捕捉不到一丝夕光，只好愣愣地出神，呕出蒙蒙的哀伤。

溪石追逐流水，捕捉不到一角裙裾，只好把头垂下，满脸泪痕斑斑。

中年人追逐时光，跑了一程又一程，蓦然回首，故园犹然在望，双鬓早已苍苍。

辩　护

天上的白云,不是遮羞布,不能撕一片下来,为自己遮护。

且看岸边的椰树,纵然伤痕斑斑,还是挺起胸膛,远眺千里而来的波浪。

夕　阳

一群鸽子，在空中画一个圈子后，飞越映着满是金黄阳光的溪流，扑扑地停落在溪边的村舍上。

村舍前一位村农，正悠闲地挥动着扫把，扫着满地的夕阳。

是他把阳光扫落溪里？

静

坐在参天古树下，我昏昏欲睡。

一道黑影把我惊醒，原来是一只鸟儿从树梢轻轻投落地面。

参天的古树也被惊醒了，

枝影在地面缓缓地摇曳。

村　景

对岸的椰树，是天才的画家，一清早就挥舞着，绘上满天边的朝霞。

林中的瀑布，是天才的织女，一清早就忙碌着，织成满山壁的绸缎。

村前的小溪，是天才的歌者，一清早就哗啦哗啦的，把歌声带给每一户人家。

村　晨

雾气渐渐散了,微风从林间带来清凉。路旁的池水想是很冷,一眼望去,内心就沁入一股凉意。

几只早起的小鸟,歇落在微湿的枝叶上,几声啾啾使四周显得更为清幽。

多希望远处的菜贩,勿把脚车踏来这里。

瀑 布

近黄昏，你走进这情境。

你听不到人声喧闹，听不到风声林啸。

或许你在山腰——

你没有言语，只见眼前数不清的白鹤，穿破山壁飞翔。

或许你在山下——

你不能讲话，你正惊愕于水柱从天飞降。

水溅声，在山壁前，在山谷中，在林丛，在树巅，在绿草，在你的心里。

榕　树

天色将明未明，像有谁以灰幕将光挡住，而无孔不入的光不知从哪一个缝隙钻入，在海面撒上一些光影。

水鸟还在睡乡吧？海面不见船儿往来的踪影。还是老榕树最解享受，静坐在海边，弯着腰，将万千条须伸向海里。

——在钓早起的游鱼？

杜　鹃

我漫步在校园的小径，校园里开满了杜鹃，杜鹃花裹不住鲜艳的红，红色随着微风四处飘动。

我漫步在小园里的小径，像红色溪流里的一叶浮萍。不！我就是溪流中的一滴水，随着微风，缓缓前进。园里的树木、屋宇，都被溪流饰上一层红影。

蓦地，溪流不流，红色不漾，树木依然翠绿，屋宇依然乳白，而我还是我。当一个意念掠过我的心上：

我俩分别在南海南北两座小岛上。

迷蒙的雾

迷蒙的雾弥漫在海面,雾的迷蒙翻滚在心里。

迷蒙的雾里,有阵阵笛声。似在这里,似在那里。

雾的迷蒙里,有阵阵笑声。笑声的背景是新加坡河畔,时间在童年。

我的童年没有太多笑声,像当时没有太多玩具一样。椅子是我的马,扫把是我的枪,用香烟盒建起雄高的堡垒,白纸上涂满神仙人物的幻想。

不知是哪一年的生日,父亲买来一辆火车,火车带给我稀有的笑声,笑声随着车轮在轨道上滚转不停。

哪知道偶尔抬起头,却看到母亲噙着泪水的眼睛。

如今,童年已随着时日远去,但我忘不了那火车,那笑声,那眼睛。

如今,双亲是在千里以外的南方,而我却在这里望海面的雾、雾上的云。

回转头去,无意中看到墙上镜中我的脸。呵!我已是一个孩子的父亲。

迷蒙的雾弥漫在海面,雾的迷蒙翻滚在心里。

枯　树

我是仆倒在海边的一棵枯树，泥沙塞满我的嘴，海水剥着我的皮。

我曾经屹立在这里，以千枝万叶，遮蔽着烈日暴雨；以盘根错节，极力地调剂着水，拖住着泥，为我所屹立的大地。

如今，我仆倒了，没有慰问，没有叹息。

如今，我是仆倒在海边的一棵枯树，泥沙塞满我的嘴，海水剥着我的皮。

涟漪

向海心,投一枚石子,海水泛起圈圈涟漪。
人们多赞叹涟漪的美丽,有谁想到:
投入海心的石子,要承受千万年风浪的冲击。

湖 面

风以温柔的手,想抚平微皱的湖水。
他越是抚摸,湖面的皱纹越多。

岩　石

灰黑的天。混沌的天。奇怪的天。

天之上，浓云密布，滚滚翻动。天之下，猛刮大风，是一股自以为可驾驭一切、震撼一切、摧毁一切的风。

它怒号着，发施着命令。于是，海洋不平静了。

波浪露出凶恶的手，冲向岸边。

岸边，横列着一排黑石。每一块石头都昂着头，凝视着灰黑的天，天之上的乌云，天之下的狂风，狂风前阵阵冲向他们而来的波浪。

怒风催促波浪，波浪扑溅岩石。怒吼声中，扑溅声中，我听到一种无声的歌唱。

天渐渐晴了，乌云终于散了，风也停止怒号，波浪无力了。岸边仍然横列着那一排黑石，每一块石头都昂着头，屹立着。

等　待

几天来就等待着邮差，如今邮差来了，却又不急着把信封拆开。

只把它贴在胸口，我就知道你要说些什么话来。

喜悦，从信封直沁入胸怀。

雨　前

雨要来了,远山裹在朦胧里。

哥哥在菜地,忙着收拾农具;姐姐赶着鸡鸭回鸡寮。

雷声把弟弟惊着了,紧拉着收拾衣裳妈妈的衣角。

哭声把雷声也淹没了。

晨

天色迷蒙，只是东方的天空，露出橙色的红。
橙红天空下，一艘小船，渐行渐近。
等到它来到跟前，猛觉得这里已经明亮啦！
——是它把阳光载来这里？

喜　雨

燕子斜飞，舞弄飘飘细雨。

委顿多时的草儿欢欣了，窃窃细语着，说到欢喜处，竟顺着风势拥在一起。

“下雨了。”你高兴地说，愁云不再出现你的脸上，愁云在远远的天际。

看 Lost Horizon

不必惊异,严寒和温暖只有尺寸距离;

也不必猜疑,人间有炮声无闻、鲜花遍开的天地。

要年轻人永远刚强,要年老人健康快乐,要人人付出力量,都有应得的收获。

香格里拉,我的希望,也在重重雪山中,探索你那雄峻建筑的尖顶。

乙篇

闽风南渡

结识云盖寺是一个非常偶然的偶然

结识云盖寺是一个非常偶然的偶然。

那年出席厦门东南亚文学研究中心举办的会议,和会议负责人老朋友陈育伦、庄钟庆、郑楚在厦门大学逸夫堂喝咖啡聚谈。我和陈育伦说起我最近研究方向转变,多注意民间信仰的课题。陈老师听后,一声不发,突然身影消失,十多分钟后匆匆回来,手上多了一本厚厚的书《清水岩志》,说送给我参考,并表示会带我到清水岩参访。

第二天一大早,陈老师来了,车后面还坐了一位年轻人,厦门大学人类学系的老师刘家军。清水岩当然去了,清水岩的仙境,清水祖师的事迹,深深植入我的记忆。而这次的专访,让我惊喜的是跟刘家军的结识。

个子小但结实的身材,他在车内不停讲述学术梦想与计划。身影小但梦想大,这个年轻人很快就拉近我们的距离。我们谈得很多,非常投机。

第二年他邀请我和谢正一、陈隆昊参加"台湾公"吴英将军的会议,我们又见面了。为进一步了解吴英将军,刘家军带我们走访奉祀吴英将军的厦门观音庙大观院,以及寺院旁的吴英祠堂。这次的走访让我们认识了大观院主持果华师父和另一寺庙负责人郭琼花。

果华师父跟我们讲述大观院的历史,以及在泉州创建另一座寺庙云盖寺的传奇经过。她怎样以一个普普通通的人竟能在众人的扶助下建起这座寺庙。虽然是娓娓道来,其中曲折的故事让我们掀起参访云盖寺的激情。

晴朗的天犹如我们清净的心,我们三人在郭琼花的带领下乘车出发,人在车上,心已飞到云盖寺。而人到云盖寺,眼前的景色又跟早前所想的不一样。一进宽大的寺门,哇! 那何止是三两座庙宇,简直是一山的建筑。

车走在寺内宽敞的路上,我们看到辉煌的几十级石阶上的天王殿,一座很大的方形建筑,郭琼花说是佛堂,车子转几个弯到达办公室,下了车,眼前就是圆通殿,殿内高大的千手观音神像,庄严肃穆,手上法器据说常发出多种颜色的光彩。圆通堂前是大雄宝殿,尊奉三宝,三宝神像巨大。两旁有十八罗汉。圆通殿两旁建筑为延寿堂和报恩堂,报恩堂左旁有一道路直通玉佛殿、星君殿和供奉八仙的神坛。玉佛殿前庭非常宽敞,星君殿神坛建构特别,是一座圆形的神坛,从星君殿远望,天上鱼鳞白云与蓝色天空交错,蓝是那么的深,而白色的云在飘动,仿佛鱼儿在海面漫游。天似乎是海,而海升华为天了。“云盖”之名,当出乎此。

犹记得我从新加坡国立大学退休后,龚鹏程教授邀请我到中国台湾佛光大学任教,我曾在一篇文章中写到佛光大学的云:

> 第二次步入佛光校园,是阳光普照的十一月。迂回的山路增添了校园的奥秘,路边的巨石:离垢天、广妙天,净化了进山人的心灵;十六亭桥开阔了人们的眼界。就在荡胸净灵的境况下,我进驻了云来集(宿舍),云起楼(研究室)。云起云来,确实点出了佛光的灵境。
>
> 坐看云起,在这里可以获得印证。荡胸生层云,也并非虚

言。而更动人的是，在微风中，云飘动了，缓缓起舞，飘过树梢，飘过屋角，飘入研究室，坐在办公桌前，也仿佛坐在云端。

云盖寺的云，不正展现当时的灵境吗？怎么会是那样的机缘巧合？所以当云盖寺负责人后来要我为寺里的建筑群提名时，我就给出了云起楼、云来楼、云聚楼、云海楼、云台阁等等的名称。

当时龚校长在台湾办校，一心要把传统书院的理念贯彻在佛光大学中，巧的是，郭琼花那时指着寺院中的一座四层楼建筑，说希望我能帮忙在那里成立一个书院。于是郭琼花、刘家军和我积极筹划。书院在敬奉观音菩萨的寺庙中，我们就给书院命名为“大观书院”，并请龚校长为书院牌匾题字。在观音菩萨寺庙中发扬传统书院精神，我们给书院院训定为“明道慈悲”。书院成立那天，来宾云集，热闹非常，龚校长也来了，他看到寺里建筑群的名称，以及书院计划展开的活动，笑个不停。

我说，结识云盖寺是一个偶然的偶然。但是，你会相信这是一个偶然的偶然吗？

金门湖下村的启发

终于登上前往金门的渡轮了。

渡轮缓缓开动,厦门五缘码头渐渐远了。海面一片平静,但是我的思潮是波动的。三十年前就经常在新加坡和中国台湾之间为学术会议来回跑动,却一直没有到过金门。十多年前在佛光大学讲课,驻校作家杨树清邀我到金门,由于腾不出时间无法成行。但是金门不断萦绕在我脑海中,不停召唤。

太太老说她外公来自金门湖下,岳母早年跟着南来,三姨名为"福气",却没福气,年纪轻轻就踩到地雷死了。太太是比我更希望到她母亲的乡下看看的。

到达金门,老友陈宗保在谢正一邀约下已早在码头等候。到酒店卸下行李后,开始一系列寺庙的走访,第一个目标就是湖下村。

我喜爱走访有历史的村落和寺庙,虽然现在年纪大了,仍然乐此不疲。因为它们经常牵出许多动人甚至可歌可泣的事迹。

金门村落的特色,是以姓为单位的聚集。这是一个有长远历史的传统。唐代牧马监陈渊带领蔡、许、翁、李、张、黄、王、吕、刘、洪、林、萧十二姓,到金门岛各地牧马,成为开垦金门的前驱移民。后来移居金门的,也多是根据姓氏散居各地。一路上,陈宗保不断跟我们介绍金门岛各村落,古宁头多李姓、金磐山多翁姓、后水头村多黄姓、烈屿东临村多林姓、后头村多方姓等等。而湖下多为杨姓。你问金门人姓杨的住处，都会指向湖下村。

车子到了湖下，下了车，发现年轻人很少，说是多往台湾求学或求职去了。我们走向湖下重要的地标双忠庙。看到寺庙前面悬挂的武安尊王灯笼，就唤起儿时的记忆。

那时父亲常带我到新加坡丝丝街 101 号 2 楼福建杨氏公会会所。同一层建筑 3 楼是金门湖下杨姓移民聚居的所在。当时金门湖下杨姓居民，和其他新加坡居民一样，多从外地移居而来，到处根据同乡或同宗的关系，成立“估俚间”，互相照顾。湖下杨姓成立的“估俚间”，因为湖下村另名湖峰村的关系，就称作湖峰社。

金门湖下移民，多从事舢板业，做码头工人。抢码头、抢工作是当时经常发生的事，因此常常和其他估俚间发生冲突。我太太住在离湖峰社不到二十米的地方，她家是经营咖啡店的，咖啡店多信息，时常听到外边有人说，要拼估俚间了，她连忙到后巷的草场把游玩的弟弟喊了回来，赶紧关上店门，一群人躲到楼上，偷偷从关闭的窗缝往下看。不久呐喊声大作，玻璃瓶破裂的声音不断响起，还有刀棍交接的声音，以及人们的惨叫。警车到来时，一切才停顿下来。大家才敢开门外望，只见玻璃碎片满地，断裂的木棍散乱地到处都是，还可以看到斑斑血迹。太太还说，她家店隔壁一个二十多岁青年，就在一场火拼中被刺死。

湖峰社最让人感到温馨的是武安尊王的诞辰了。武安尊王农历四月廿五日诞辰。神诞前几天，湖峰社附近闹腾腾了。附近的居民，不论是不是金门湖下人，都准备金银纸、祭品，参加尊王的祭拜。丝丝街 101 号的木板楼梯不停地哇哇响，一整天人们上下不停。武安尊王绕街活动开始了，在前面的是一位乩童，不断挥动长鞭，金铜色的刀不停地往背后砍。后面是另一位青年，一把长枪从嘴巴的一侧穿向另一侧。“好吓人哟！”我太太说。

太太最喜欢神诞晚上，在草场临时建成的戏台上戏曲节目的演出。当时没有什么娱乐节目，戏台演戏是人们最爱的了，所以一大早就要搬个凳子霸位。看戏的人真多，挤得草场满满的。草场周围更布满各种各样的摊子，平时没法尝到的食品在这时可以看到。

如今，湖峰社已经搬离丝丝街，我们也不住在它的附近了，那对武安尊王的灯笼，随着湖峰社的搬迁，悬挂在新的会址芽笼巷里，但却深深地烙在我们的记忆中，从没有搬移。

湖下村住的是杨姓的移民，始祖杨亮节。杨亮节移居金门可不是一般的经历。南宋末年，元兵入侵临安后，杨亮节跟杨淑妃带领两个王子赵昰、赵昺逃离皇都，经温州到福州。赵昰福州即位，是为宋端宗。元兵攻陷福州，杨亮节随驾逃至泉州，元兵进逼，端宗死于流亡途中。赵昺被拥立为帝，一众迁至广东崖山。杨亮节因军务他往，没有跟大众迁移。

由于元军的追逼，丞相陆秀夫在崖山负王投海，杨淑妃也跟着跳投。众军将听说皇帝落海，跟随跳海殉国的达十余万。杨亮节知悉崖山兵败、陆秀夫负帝投海消息，悲愤欲绝，知事不可为，于是带着三个儿子逃避金门。

经漳浦时，第三个儿子世隆生病，滞留该地，只和长子世昌、次子世耀渡海金门，居于官澳。其后长子世昌嗣孙杨建业于明初分居湖下，当今杨氏大宗祠外有副对联：

枝分官澳依凤尾

族住湖峰栖龟山

指的就是这个变化。

由于这段惊天动地的往事，陈宗保也带领我们到湖下杨氏宗祠参访。在那里，我们看到杨亮节的图像，了解杨姓后代的蔓延。对我来说，更是在那里深刻体会到我父亲屡屡不断所讲的“四知”故事的痕迹。在杨氏宗祠大门，就看到这样的门联：

金畏四知清风第一
雪深三尺理学开先

祠堂内也看到多副对联：

祖德昭融，四知启后
宗亲敦睦，一脉承先

八派本同源，当思绵延祖泽
四知承遗训，共振清白家风

父亲说，四知是杨氏奉行的准则。东汉时期荆州刺史杨震，有人深夜携带黄金要来行贿，杨震坚辞不受。行贿者说深夜不会有人知道此事。杨震表示：“天知、地知、你知、我知，怎么会没人知道？”

到金门湖下村，不但让太太一了回乡探望外公老家的心愿，也让我看到小时候知道的湖峰社估俚间火拼的湖下人村落的样子，杨氏那段可歌可泣的历史往事，以及忆起父亲经常强调的四知的故事。我在回程时，心里暗暗地对父亲说：四知的故事我会一代一代传下去。

有一个地方叫百奇

“有一个地方叫百奇,你知道吗? 那里的族人喜爱洁净,所以又叫白奇。”6月的一个早上,在云盖寺,郭琼花对我说,“那里的村民多姓郭,都是伊斯兰教徒。”

这当然引起我高度的兴趣。

“我们群组的郭银铃,就是那村里的人,她的父亲是村落负责人,可以提供我们要的材料,去吗?”郭琼花又说。

于是我就带着一脑子的白纸跟她去了。

百奇村离云盖寺不远,也是属于台商投资区。村里相当宁静,偶尔有机车经过。路两旁的建筑,多高大宏伟。经郭银铃父亲安排,我们直接参访郭氏家庙。

郭氏家庙,一栋木质建筑,始建于明宣德七年(1432),后多次重修。光绪二十四年(1898)的一场火灾,烧毁众多木质板柱。因此现存的是清代建筑。

走近祠堂,祠堂大门两边长联最引人注目:

祖汾阳派富阳族螺阳三阳开泰

原晋水分法水聚奇水万水朝宗

对联非常工整,但是“祖汾阳派富阳族螺阳”“原晋水分法水聚奇水”,和这族民又有什么关系?

“祖汾阳派富阳族螺阳”,虽然是短短九个字,在和祠堂人员谈话以及后来追查资料后,我才了解其中竟然包含丰富的民族苦难以及迁移的历史。

元朝曾经发生排挤色目人的风波,回族人民为求自保,乃托名为汾阳郭子仪之后。“祖汾阳”之说,源于此。

百奇族人原住在杭州府富阳县,元末郭德广奉命运军粮到泉州,由于战乱无法回朝,就在泉州螺阳镇住下。到了他的孙子郭仲远,才在洪武九年(1376)移居百奇,郭仲远乃成为百奇郭姓的开基祖。“派富阳族螺阳”,揭示了这段经历。“原晋水分法水聚奇水”,也本于此。

一说郭德广阿拉伯名为伊本库斯·德广贡·纳姆,库斯音近郭氏,乃取郭为姓。另一说这些回民极其敬仰郭子仪,因此取郭为姓,并自认源自汾阳,所以对联才有祖汾阳之语。

族人极为重视他们的迁移渊源,庙内多副对联言及这层关系,如:

支分法石源流远
地卜奇山甲第兴

派衍温陵念宗祖清真垂世
堂开宣慰愿子孙诗礼传家

“堂开宣慰”更点出他们对曾任宣慰司的郭德广的无限敬仰。

郭银铃父亲说,现在百奇还有开基祖郭仲远的墓地,于是我们也匆匆赶去瞧瞧。墓地在百奇村内一高岗。这是一个夫妻双人墓坑，葬着郭仲远和他的夫人。墓座、墓碑虽然残留花纹雕刻，但文字已经没有残迹。坟墓旁有两块人民政府立的石碑，一为福建人民政府于2005年立的，上刻“回族郭仲远墓”；另一是惠安县人民政府于1981年10月所立，上刻“文物保护单位郭仲远墓”。

二十世纪初，和许多闽南人民一样，很多百奇郭姓村民为生活也纷纷投奔怒海，远渡南洋。在新加坡，他们聚居美芝路、爪哇路、加冷路一带，从事海员的工作，并成立福泉和估俚间，彼此协助照顾。

福泉和，据说是今新加坡汾阳郭氏公会的前身。郭氏公会不少成员是百奇郭姓的后代。目前活跃于社团的郭庭水就是惠安百奇人。

我出席惠安县举办的青山王会议时，厦门大学郭志超对我说：“杨老师，我也是惠安百奇人。”又说：“厦门惠安百奇人不少，都是我们姓郭的。”顿时，脑海里那张白纸填满了密密麻麻的百奇郭姓回民。

回到新加坡，一见原籍福州闽侯县尚干镇的太太，就问：“郭啊，你是不是也有百奇郭姓的血统？”太太丈八金刚摸不着头脑，只吐出两个字：“什么？”

武装的本头公

大约是2013年的10月,我去台湾讲课的路上,在泰国曼谷逗留一两天,偶然在曼谷牛桥(Saphan Khwai)佛牌店买到一块神牌。神牌正面是一对老夫妻,说是本头公和本头妈的神像。本头公和本头妈,其实就是闽南的土地公和土地婆。不过到了泰国,成了他们这里(潮州话说他们这里为本头)的神明,就改名本头公、本头妈了。

神牌后面是一座神庙图,店员说那是嵩越路(Song Wat)的大本头公庙,还说这庙有百年以上的历史。

闽南的土地公,或称为大伯公,模样和蔼慈祥,笑容满面,一手拿银宝,一手持拐杖,端坐在椅子上。在东南亚,像新加坡和马来西亚,很多华人家里供奉的土地公、大伯公,都是这个样子。但是这神牌上的本头公,头顶军帽,身着戎装,和慈善和蔼的土地公完全不像,大本头公神庙里头的神明也是这等模样吗?于是第二天早上我就出现在嵩越路大本头公庙前。

这确实是一座大庙,山门宽敞,两旁对联写着:"本性善良终得好报,头上苍昊天理昭彰。"没进寺庙就来个当头棒喝。

我正忙着拍照,身边突然出现个声音:"小心路上车辆。"转身一望,是一位老年人跟我讲话。哇,讲汉语。在泰国,走庙时能找到会讲汉语的可真难得。

"先生,会讲汉语啊。谢谢你。"我说。

“我父亲到泰国来，我在泰国出生，今年七十多了。我还会说潮州话。”

就这样我们谈开了。

“这是清朝的寺庙，以前福建会馆管理，现在是潮州会馆了。这座庙有几个特色：很大，是不是？曼谷的本头公庙都很小，这间很大，所以叫大本头公庙；还有，是老庙，又叫老本头公庙。你看看，这间庙的本头公是穿军装的。”

进山门，有个大庭院。他带我到庭院右边的一个神龛前说：“你看这神龛中的本头公，是不是一位将军？”又带我到正殿说：“上面供奉的三尊穿着武装站立的神像，也是本头公。”

慈祥的土地公怎么会变成神采奕奕的将军呢？他显然料到我会有这个发问，指着正殿里的一副对联：

本头显赫古木森森万商云集全民沾福泽

公庙庄严湄河淼淼四海流通百业自昌隆

他说：“嵩越路近湄南河码头，商业发达，万商云集，四海流通。当时闽南华人来到这里，争码头，找工作，都不容易，很多机会都是靠争靠势力得到的。慈祥和蔼的本头公哪里够力呢？所以不得不武装起来。当时的局势实在太恶劣了，华人住民发觉武装的本头公还不能有效保佑他们，于是就请来上帝公主持正位。你看，正殿正位主祀的是手拿七星宝剑的玄天上帝，武装本头公被移到旁边的位置。”

在这次大本头公庙的走访中，得遇这位老先生，真是有幸啊。后来在收集泰国本头公庙的神牌中，我更买到武装像岳飞将军的本头公神牌，可见当时社会竞争的激烈，华人在一个陌生地方生存生活确实困难。

当晚梦里，竟然出现福建会馆理事为成员生活难题展开讨论的场面，耳边同时出现一片声浪，该让本头公武装起来了。

那个奇怪的老人

周日，按习惯一大早就载了太太和孩子到岳父岳母的咖啡店去探望他们。

每次到咖啡店，总会看到一位老人家，坐在店内左边第三桌位的椅子上，弯曲的右脚搁在椅子上，面前一杯咖啡。满是皱纹的脸，眯着双眼，望着店外，一动不动，仿佛在等待人的到来，却又不像。三个孩子一下车，就飞奔入店内，口中不停叫嚷：阿嬷，阿嬷。那老人稍微转头看看孩子，似乎有点微笑，可是很快又转头望前。孩子也似乎有些害怕老人家，只是远远地坐在左边最后的桌子旁。

所有的人，包括我岳父母，对这位老人家知道的都不太多。只是说早些时候他还肯讲一些话。他从金门官澳来，坐船来的，海面风浪大，他睡在底舱尾部木板位，身子被震得忽上忽下，这上下应该有二三层楼高。大概三天后吧，他晕倒过去了，隐约看到妈祖招呼他起身，他才苏醒过来。

他说，我的命是妈祖救的。

是妈祖吗？有人问。

是妈祖。我家乡龙凤庙是奉祀妈祖的，我常在庙里祭拜。

有人问起他的家人，他只是嘴里喃喃自语，死了，没了，死了，没了。难怪他的生活，只在四个地方孤独来回走，船上的搬运，咖啡店，咖啡店左边不远的妈祖庙天福宫，收容孤苦无助及戒鸦片烟者住的仙伯坛。

岳母说，他很孤独，搬运那边，总是没给他工作，他常常躲在天福宫，望着妈祖，坐在那里，可以坐上三四个小时。或者坐在咖啡店这个固定位置，也可以坐上一整天。中午用餐时，叫他吃饭，多数拒绝，有时答应了，拿个饭碗，装上饭，拣几根菜，就拿到那个桌位，慢慢吃了。之后还是不讲一句话。

二十世纪七十年代城市拆迁，一纸令来，岳母经营二三十年的咖啡店没了，这位老人家呢，只听说在天福宫坐着的时间更长了。中午，踱着脚步到远一点的居士林吃庙里提供的炒米粉，然后又踱着脚步回到天福宫。

岳母说，一次到居士林做义工时看到他，他只是向她鞠个躬，仍然不讲一句话。近日走访天福宫，搜寻太阳神君的资料，看到天福宫里，还是有一些老人在那儿坐着，一言不发，只是没有那老人家的踪影。

我一直在想，那一言不发的老人家心里，难道是一片空白吗？官澳的村庄，龙凤庙的神影，轮船的颠簸，妈祖的显灵，或者故乡亲人的温馨，早已全部占据他全部的心灵，哪还有什么好说的呢？望着其他静坐在宫庙里的老人，他们的心灵是不是也是这样的？

没有办法，只有寺庙还能抚慰他们内心的创伤。

讲古仙

“一杯咖啡乌，带走。”

说话的是一位壮汉，五十多岁，身着唐装，装束整齐，声如洪钟，中气十足。

人说那是一位在天福宫的讲古仙，他特别引起我的注意。

夜色来临，天福宫前，几排木凳已坐满人，有些还站着。木凳前一张旧木桌，点着一盏煤油灯，灯前坐着那壮汉。

“那武松酒力发作，到了乱树林，看见一块大青石，就想要睡，忽然刮起一阵大风，武松大声一喊，啊呀。”

壮汉在喊出“啊呀”时，手猛拍桌子，桌子跟着啪一声巨响，咖啡杯跟着倒了。听客被吓着了，前排三四位还紧张地站了起来。

壮汉才继续说乱树背后扑的一声响，跳出一只大老虎。

原来他在讲《水浒传》第二十二回景阳冈武松打虎的情节。

咖啡店伙计告诉我壮汉叫阿忠，二十年前来自厦门，有功夫，也有学问。“我们这里有信来，常常请他讲信的内容，有时也请他写回信，他多不会拒绝的。他真厉害。”

那一次偶然在咖啡店碰到他，我主动上前招呼：“阿忠兄，听说你讲古太厉害，大家很佩服你。”

阿忠不问我是谁，说道：“歹势，歹势！今晚我讲万花楼，狄青和包公的故事，来听吗？”

话匣子一打开，在我探问之下，了解他家里因为欠债，他作为“猪仔”被卖到马来亚。

“‘猪仔’，命运当然是惨的啰。不过主要还是你的意志，跟他们做完工就是，我什么工没做过？造路、搭桥、垦荒、搬运、淘锡米，重要的是不要怨天怨地，还有绝对不能跌入赌博的圈套。你看，债还了现在一身轻，不少同时吃苦的现在还在吃苦。就是不爱惜自己。”

“我哪有什么学问，粗识几个字而已，骗人的，骗人的，家乡穷，我们哪有机会读书，自己东看看西看看，认识几个字罢了。”

“我一个人，不需要赚什么钱的，晚上讲讲故事，自己开心，也让人开心，够了够了。”

他就是这么一个人。

后来我们搬家，离开那咖啡店和天福宫远了，再也没看到他。

那天我到咖啡店去，还是没看到他，店外的补鞋匠说，走了，走了，一年多了，骑摩托跟车相撞，走了。

当晚，我走向天福宫，宫前还有木凳，只是排数少了，只坐着稀稀疏疏的几个人，桌上煤油灯，照着一位有气无力的讲古老人。

查某人，菜籽命

“阿莲，你死去哪里了，店里来了好多客人，还不去招呼。”老板娘大声喊道。

“我在洗后尾，脏死了。”

从厨房转出一个瘦小的女孩，九岁模样，右脚有点跛，还背着一个两岁大的小男孩。

她赶紧走向那几位客人问：“要什么？”

“咖啡乌一杯，两片面包，一片果酱，一片牛油。”

“米录一杯，鸡蛋两粒，半生熟。”

“茶，面包，鸡蛋。”

阿莲随即跟着嚷：

“咖啡乌一杯，两片面包，一片果酱，一片牛油。”

“米录一杯，鸡蛋两粒，半生熟。”

“茶，面包，鸡蛋。”

今天还好，只有三位客人下单，有时来了七八个，喊错了会遭到咖啡头手和老板娘的臭骂。

阿莲在咖啡店的工作可多了，清晨四点半就要起火，烧开水，打扫咖啡店，五点半开店门，六点讨海生活的客人就陆续来了。她就忙着招呼，下单，捧杯盘，还要不时照顾身后的男孩。被老板娘臭骂是小事，她最害怕的是妈。

妈，胖胖的，三十来岁，脸总是绷得紧紧的，似乎准备随时跟人吵架的样子。其实这不是阿莲的亲妈。阿莲三岁时跟着父亲从泉州石狮到南洋，父亲路上感染疟疾，死了。一位亲戚把她卖给这个妈做童养媳。这个妈对她可凶了，五六岁就开始让她做家务，打扫、洗衣服等不说，一看不顺眼，就拿起鸡毛帚一顿痛打。八岁时妈拜托隔邻的咖啡店收她作店员，老板娘看她手脚伶俐，工资不多，接受了，钱当然全给了妈。对阿莲说，工作虽然多了，但是白天一整天在咖啡店，晚上才回家，大多时间不用被妈痛打，倒也是不错的。

咖啡店客人看她年纪小小的，要做这么多成人的工作，同情地问她一些讯息。她总是摇摇头表示不知道。她确实真不知道关于她的身世。问她父母姓名，她也不知道，只知道父亲小名叫阿鸿。问她家乡在哪里，只知道泉州石狮，其他都不清楚了。客人摇摇头："查某人，菜籽命。菜籽飘来这里，只好认命了。"

阿莲十七八岁了，出落得还标致，但是她的童养媳丈夫却嫌她脏，嫌她跛脚，不肯娶她。咖啡店客人给她介绍一门亲事，是住土脚屋的，家境不错，那人家看到阿莲勤快，长得也好，接受了，也给了她妈一笔钱，亲事成功了。

咖啡店客人说："查某人，菜籽命。阿莲找到好菜地了。"

开始的三四年，家婆对阿莲还不错。不久却怨声四起，说她跛脚，给来访的亲戚朋友很不够面子，又说她不会生，害他们家绝后。她丈夫懦弱，不敢为她出声。家婆很快为她儿子再找一门亲事，阿莲一气之下跑出家门。

之后，再也没有阿莲的消息。

那天，到偏远的义顺区办事，中午在那里的一间咖啡店用餐，耳边响起熟悉的声音。哈，舞台还是咖啡店，只是台词有些改变了：

"鸳鸯一杯,少糖。"

"钓鱼,半生熟鸡蛋。"

"冻柠,少冰。"

阿莲又操起咖啡嫂旧业。我问阿莲什么时候开始这份工作。她笑笑说:半年不到。又笑笑说:"查某人,菜籽命,是不是?"

一年后,听朋友说,阿莲在那家咖啡店和朋友一块卖粿汁、鸭肉饭面,生意顶不错的。

勤奋的阿莲终于破除"查某人,菜籽命"的魔咒,站起来了。

老张的每一天

他慢慢走向靠柱子的座位，坐下后把一张椅子移到身前，两脚搁在上面，身体形成半躺的姿势，然后跟咖啡店伙计说："一样的。"伙计跟着端来一份早餐，一杯咖啡乌，两片面包，两粒鸡蛋。

他就是老张，近七十岁了，短袖长裤，穿着斯文。手里原有一支拐杖，现在搁在另一张椅子上。认识他的人多称他老张，但是他更喜欢人们称他张主任。

二十世纪三十年代他从福建来南洋，因为有小学毕业学历，马来亚一间树胶厂请他当管理人员。手下有十多个工人，人人见到他都称呼他张主任，那时他可乐了。那段经历常常挂在他的口头。

来新加坡后，他娶了个本地姑娘，他称她为"番婆"，生了一个男孩。男孩蛮聪明的，小学毕业时，面对进华校或英校的选择。人们说，读华文只要能看得懂文字内容就好了，读英校才会有前途，于是他们把孩子送入英校。孩子高中毕业，成绩不错，但是不够资格申请奖学金。孩子一直要求到外国读书，老张夫妇咬紧牙关送孩子到澳洲升学。外国的费用不菲哟，学杂费不说，孩子时不时来讨生活费，才令老张夫妇苦不堪言。

眼见储蓄及公积金都快用尽，还好孩子大学毕业并考到会计文凭，开始工作了。孩子的杰出成绩一直挂在老张的口头。

在咖啡桌上，老张总是滔滔不绝地讲述他辉煌的过去，炫耀他孩子的成绩。

孩子的成绩越来越好，老张的烦恼则越来越多。眼见储蓄越来越少，他多期待孩子能汇些钱来帮忙养老。可是一点消息也没有，他有些慌了，几次打电话想跟他通话，不是说工作忙，就是要休息，叫他少打来。他气愤地跟他老伴投诉，怎知那“番婆”说，读洋书的都是这个样子，长大后每个都独立生活，只管他们自己的。他听了满不是滋味，竟连老伴也痛恨起来。

他逢人还是历数当年在树胶厂的丰功伟绩以及孩子的学业事业成就。同桌的人想插嘴讲几句话都没有机会，渐渐地跟他同桌的人少了，甚至没有了。

眼见储蓄越来越少，他急得快发疯了。幸好老伴临终前告诉他，她存有私房钱两万多元，叫他省着点用。他第一次紧紧抓住老伴的手连声道谢。

老张还是希望历数他当年在树胶厂的丰功伟绩以及孩子的学业事业成就。但是没有什么人听他的了。

他吃完早餐，闭目养神，突然听到一阵喧闹，午餐时间到，用餐的人多起来了，他也叫了一份云吞面，之后又闭目养神了。晚餐时间到，用餐的人来了，而且多数是夫妇一块的，或是与家人一块的，老张感觉不是味道，迅速叫了一份福建虾面，匆匆吃完就回到住所。

进门，看见沙发上满是脏衣服，他依然喃喃地说，该洗衣服了。但是同样没有行动，他懒懒地躺在床上，胡思乱想一番，睡着了。

这是老张的每一天。

阿　好

“阿好,阿好,阿好。”

阿好出现了,等待很久的四五位女孩围了上去。其实阿好跟这几位女孩差不多,十多岁样子,个子也不高,但是没有她,几个女孩就乐不起来。

阿好家庭简单,父亲是福州新客,经常远航不在家,母亲也经常到隔邻打四色牌,家务由阿好一人挑起,一有空就跟这几个女孩在一起。

“我带你们去豆腐街捡菜叶。”几个女孩一阵欢呼,共同去了。

“我带你们去红灯码头钓鱼。”几个女孩一阵欢呼,共同去了。

“我带你们去牛车水看戏。”几个女孩一阵欢呼,共同去了。

“你家阿好是大姐头,你不怕她惹是生非?”打牌的阿嫂说。

“不会的,她有分寸的。”她母亲回答。

阿好的确是大姐头,但是她很有分寸。邻近的男孩欺负她们,都给她硬的软的顶回去了。那些流氓威胁她们,阿好也不知道哪里找来一位大哥,吓得那些流氓不敢再出现。

城市重建,住屋拆迁,阿好和她的邻居女孩分配在同一座政府组屋的不同楼层。她们也长大了。

“阿好,阿好,阿好。”

阿好出现了。现在她们定期聚会在咖啡店,等待已久的那些女人七嘴八舌地跟阿好交谈。

“你们静静好不好，我起个会，每月交五十元，数目不大，利息一定比银行高，你们有谁要跟的。”女人们一阵议论，都跟会去了。

“你们静静好不好，我现在是人寿保险经纪，有一个储蓄保险项目，介绍你们参加，好不好。”女人们一阵议论，也都参加了。

“你们静静好不好，我现在也是汽车保险经纪，你们有车的买我的保险，好不好，我的服务你们知道的。”女人们有车的一阵议论，也就说服她们的先生参加了。

阿好没上过学校，但是她现在会操作电脑，会使用计算机，会玩各种手机游戏。而且现在有车，也住进夹层的政府组屋了。

“阿好，阿好，阿好。”

几十年过去了，女人们还是期待天天都能跟阿好见面。

阿好给我印象很深，我一直想写阿好，现在写了，却找不到一个适合她的题目，就作“阿好”好了。

记忆中的新加坡河

那天到新加坡河，河的两旁没有船只，宽敞的河面只有一两艘小船来往。河水是干净的，看不到任何垃圾。路上只有办公室职员和零零星星寻找食物的游客。河边近巴特里路处，整排十几间矮小的三四层屋子不见了，代之而起的是全新加坡第三高的大华银行大厦。

我的童年就是在河边一座四层高的房子度过的。房子很小，我和大弟要睡在床脚很高的床底下。那里虽说没有香港影片《七十二家房客》那么凄惨，但是四五家人共用一个厨房，二十多口人共用一个冲凉房和一个厕所，也是够呛的。人多地少，设备不够，时不时可以听到主妇骂架的声音。

我在靠近天福宫的一条横街出生，出生后不久父亲因工作关系就搬到这东家所拥有的屋产来。父亲他负责和越南、柬埔寨等中南半岛地区的商业贸易，屋子楼下是货仓，当时称为“栈房”，是我们搬到这里的主要原因。

当时的新加坡河，可不是现在这个样子。我们住在河边那座房子的三楼。有风来时，常常带来河的恶臭的味道。如果趋前到河边看看，可以看到死去的鸡鸭，纸张、衣服、腐烂的水果在河面浮沉。热天时，从栈房飞来无数据说是米包袋里的小虫，有时飞入眼睛，辛辣的感觉让人直流下眼泪，还好小虫跟随眼泪流出，一下子就没事了。

那时河的两旁停靠着许多大大小小的货船，我们称为“大咕船”。我最喜欢黄昏时候，在河边看船员洗刷大咕船。母亲老是说这有什么好看的，我觉得船员将水桶抛下河水盛水，然后顺势把水洒在船身，以及从这艘船跳到另一艘船的动作，真是轻快好看。

说船员从一艘船跳到另一艘船，我就想到大咕船运载满满的货物到来时，搬运工人把货物搬到岸上货车的情景。船是不能紧靠岸停泊的，因为岸边还有十几个梯级，斜斜地伸入河里，所以船和河边必须摆着两条长长的木板供人们来往。木板不宽，只容一人行走。运载工人一次就扛起两麻袋的货物，至少有五六十公斤重。河浪溅扑船身，船摇晃着。跳板是木质的，也有弹性。工人们背着两大袋货物，似跳舞般一步一步走向货车。卸下货物，然后从另一条跳板回去取货。

背负重物，跳板又不稳，我真担心他们会失足。可是听他们说：“哈，你不知道，跳板有弹性，我们走起来更加轻松。”我不太接受这样的回答，但是直到现在我还是没有别的答案。

涨潮时，新加坡河水位很高，将近地平线。这时，河中间的一道吊桥可热闹了。不知从哪里来的五六个小孩，十来岁的样子，一人守在桥的一边，看到没船经过，嚷道：“无船啦。”于是早已脱掉上衣的四五个孩子，爬上桥栏杆，跳下河里，游泳欢呼去了。河水是脏的，虽说涨潮让河水显得干净，但这河水还是绝对不可饮用。我担心这些孩子会不会因此致病。但是在下一次河水涨潮时，又会听见他们在桥下河里的欢呼声。

我最喜欢酬神日子的到来。新加坡河畔的神坛很多，有崇祀三太子、齐天大圣、天后圣母、关帝爷的等等。他们在神诞酬神，会请戏班演戏。戏台就设在并列绑得紧紧的两艘大咕船上。在那个没有电视的年代，戏台演戏是大众最喜欢的娱乐。

当时在新加坡河的右边，靠近巴得利路的一段，称为“勿基”(Boat Quay)，俗称“电舨路头”，电船码头的意思，多住闽南籍居民。新加坡河的左边，俗称“十八溪墘”，多住潮州人。所以在十八溪墘演的戏，定是潮州戏；在电舨路头演的戏，定是福建戏(闽南戏)。

戏班通常是晚上七时开锣的。下午五六时，已有观众把椅子排在戏台前的河边。戏开演了，观众极为拥挤。演员的杰出表演会带来大片的掌声，情节紧张会迎来观众的惊叫声，剧情悲惨处更赢到不少观众的眼泪。

大家不太喜欢在河水退潮时看戏。退潮时戏台低于地面，三排以后的观众不得不站起来看戏，带来的椅子木凳派不上用场。涨潮的时候，大家则可以平平稳稳地坐着看戏，观众的气氛也更加热烈。

戏班在搭戏台，路边也忙起来了。摊贩向主办者租摊位。小贩摊位真多，有卖炒果条的，有卖云吞面的，有卖鱼丸面的，有卖五香灌肠的，有卖炒草头果的，有卖剉冰的，有卖水果的，有卖清汤的，有卖烧烤鱿鱼的，还有放映小影片的，掷中有奖游戏的，捏麦芽糖成各种图形的，捏面粉成各种人物的。还有马来人卖“沙嗲”的，印度人卖飞饼的，也都来了。一时热腾腾的水汽，弥漫空中。小贩呼喝声，此起彼落。摊前行人，来往不绝。

后来，新加坡大搞城市重建，我们住的地方地处金融中心，于是被令迁移。当局认为新加坡应当多元发展，传统的贸易方式需要改变；又认为新加坡河太脏了，有辱国体，影响旅游事业，清河之举可以彰显国力。

几年后回到新加坡河边，我们居住的屋子不见了，完全没法辨别以前的位置，代替屋子的是几十层楼高的银行大厦。

河边的大咕船不见了，河水清澈澄净，小贩们没有执照不能在路边摆摊,不少神坛消失了,还存在的神坛现在酬神,也多请歌台表演,少请戏班了。

新加坡河,不再是儿时那条河了。

丙篇

怀师忆友

黄老师，你仍然活在我的学术道路上

——追忆黄兆杰老师

飞机在云雾间晃动着飞行，我的心也仿佛在云雾间晃动。1968年9月底，这是我第一次登机飞行，但是我完全没有初次飞行的兴奋感觉。登机前妻子抱着14个月大的小孩含泪送机的情景，母亲哭红双眼的依依招手，不断在我眼前飘过。新加坡和中国香港虽然只有短短的三四个小时的航程，但是在当时好像天涯海角那般遥远。想着想着，眼前的云雾更加模糊了。

生性爱读书的我，在直接修读硕士学位的希望被新加坡大学负责人破灭后，出国读书是唯一的选择。但是一则家境不好，二则新婚不久，孩子还小，三则父母年龄已大，出国读书，谈何容易！我不敢奢望。虽然不熟悉但对我进修极其关心的李庭辉先生，他那激励我申请英联邦奖学金到香港修读的心意，让我破解犹豫，燃起希望。在当时几乎不太可能的境况下，我终于得到奖学金，踏上这许许多多学子憧憬的征程。

我是带着对学习的热心、对家里的牵挂、对前途的迷茫步入香港大学的校门的。中文系的门厚重坚实，系主任是闻名的历史学者罗香林教授。亲切的罗教授欢迎我的到来，并带我到黄兆杰博士研究室，面见入学通知书注明的指导老师黄兆杰博士。

第一眼见到的黄老师，黑色西装红领带，个子瘦长，风度翩翩。听人说他刚从英国牛津大学回来不久，西方绅士模样，果不虚传。我听说他是香港人，以为他会跟我说广东话或英语，没想到开口竟是字正腔圆的普通话："离开家心情还好吗？你小孩还小，想念他吗？香港这边的住宿安排了吗？学校的手续办理妥当了吗？"一连串关心我家里和关心我在香港生活的话语，顿时让我紧张的心放松下来。聊了一阵后，我急着询问研究的范围和题目，黄老师微笑地说："这是个长远要面对的课题，你先安定好生活，我们再安排时间。"接着他说："下星期六晚上，我约了一些研究生跟你会面，你一定要出席。"他当时是学校 old hall 宿舍的舍监，地点就在 old hall。那天我准时到会，一看，座位上坐满十几位同学。黄老师介绍我和他们认识后，他们就热烈谈到自己的工作情况、学习进展、研究上面对的问题。当问到我的研究方向时，我腼腆地说还没开始。黄老师插话说，松年刚来一个星期，生活还没安定，研究项目还没安排。接着他请一位同学 Steven Cheng，在我需要的时候伸手帮助。黄老师待我之细心，于斯可见。

过了一个星期，我们约在他的研究室见面。他第一句话又问起我家里好吗？孩子呢？然后谈到他在牛津大学博士论文的研究项目——中国文学批评中的"情"字，说起做这研究的原因。他表示，中国古代著作有许多语义含混的术语，分析这些术语，可以探究其中深潜的意思，甚至可以窥探有关作者的理论线索。他介绍了几本书籍，其中包括 William Empson 的 *Seven Types of Ambiguity*，John Casey 的 *The Language of Criticism* 等，要我回去好好阅读。

再过一个星期，我们又见面，这次约在他当舍监的 old hall，时间在晚上十时之后。他喝着酒，点着烟，提及他希望我研究的课题：王夫之的诗论。他说他看了不少诗话作品，深深感到王夫之的一些看法是非常前卫的。同时又介绍我看另一部著作：I.A.Richards 的

Menciuson the Mind:Experimentsin Multiple Definition。那个晚上，我认识到喝烈酒、抽香烟、做研究、写论文，是他晚上睡觉前必备的项目。那晚，我们谈到午夜过后，我才独自沿着学校后花园的小路，踏着月光和摇曳的树影，回到一两公里外的住所。那晚，月色是惨淡的，风又大，一路上不见人影，又是第一次在外地夜行，虽然我个子高大，心中还是有无名的恐惧。

王夫之《姜斋诗话》确实吸引了我，特别是他的诗歌作品鉴赏论，以及他从诗“可以兴观群怨”的“可以”二字见及“兴观群怨”四者有关联系所发生的诗的功能。在之后的三四个星期里，我也把《清诗话》中的其他诗话看完，又翻阅王夫之其他与诗论有关的著作：《诗广传》《古诗评选》《唐诗评选》《明诗评选》以及《王船山诗文集》中的一些序跋作品。初步的印象是，王夫之在他的著作中多用情、性、景、意、神、韵、气、势等词语。我心中暗想：如果把这些用语在不同的地方运用的意思剖析开来，是否可以像 I.A.Richards 整理出孟子对心性的看法那样，理出王夫之诗论的体系？

第四次见面是在他妈妈的家——九龙何文田街，那一次他希望我晚上七八点钟到那里，说会和他妈妈共进晚餐。他侍母至孝，很多人劝他留在英国，他坚持回中国香港，就是放不下年老的妈妈。到他家时，他一见我，招呼坐下后还是先问起家里、孩子的情况。他妈妈非常慈祥，知道我是黄老师的学生，晚饭时一再劝我吃这吃那的。黄老师很少约学生到他家吃饭，主要是不想影响他妈妈的作息。能在他家吃饭，跟他妈妈聊天，虽然当时沟通还不畅通，但确实是难忘的事。离家三个月了，能一享家庭温暖，实在难得，我非常感激黄老师的安排。当晚，我把研究王夫之诗论的计划跟黄老师说了。他很高兴，说从语义含混的术语切入展现王夫之诗论体系，就是他希望我能完成的工作。我特别谢谢他介绍我读的 I.A.Richards 的那本书，它对我的启发不小。是晚，由于我看的诗话，还有王夫之的著作多了，我们谈得很兴起，一直到深夜三点，我才从他家离开。弥敦道上已经没有巴士，白天的喧闹被黯淡昏黄的路灯取代，静悄悄很少人影。但是我的心是激动的，我的研究构想和计划得到黄老师的接受，还有什么能比这个更开心的？当时我踏着轻快的脚步，直奔天星码头。

其后七八个月，我一直沉浸于从《姜斋诗话》《诗广传》，三种诗评选及前面所提的《王船山诗文集》中搜集主要术语。当时没有计算机，一切要靠眼翻、手抄、心算，多费神呀！我几乎天天都待在图书馆工作，也时不时往黄老师研究室跑，他见到我除了问起工作的情形外，更坚持要我每月至少一次或者在他家里，或者在研究室谈谈文学评论的问题。

1969 年 9 月，我到香港一整年了。王夫之著作中的主要术语已收集，其中语义也已剖析完毕。我欣喜地告诉黄老师，从所剖析的各个术语的语义组合，真的可以看到王夫之诗论的体系，现在只差写出来就可以了。黄老师听了非常高兴。他为了这个，还请我到翠亨酒楼（地址早已忘记）吃了顿晚餐。我陆续把论文一章一章写出来。每完成一章交给他，他都很仔细地看，对其中一些意思模糊的用语，如“一定程度上”“主观上”“客观上”之类词语一个个圈出；还有分类重叠者，也指出不当处，要我修改。对我分析得有道理、意见新颖的，也不忘赞许。直到现在，我仍然深深记得他修改我论文时所给的意见，也常把这些意见告诉我指导的研究生。

黄老师传授的从术语剖析的角度论析问题的方法，我受益匪浅。后来我分析清代诗论者叶燮《原诗》主“变”的精神，就是搜集其作品中“变”字在文章中各处的运用，从而展示他所主张的“变”的含义的多样性，从而把他主“变”的见解发掘出来。又如我分析诗论界经常讨论的“诗穷而后工”的课题，也是采用语义分析的办法，剖析历代学者对“穷”这一字用法的不同含义，从而理出他们所要表达的不同理解，“工”字问题的处理也是如此。甚至我在编写新加坡和马来亚华文文学发展的历史，看到1925年以前新加坡、马来亚华文文学作品多用“祖国”“国庆”的关键词，1925年以后多用到“南洋色彩文学”“南岛文学”，1933年以后多用到“马来亚文学”“马来亚地方性文学”，1937年以后多用到“抗战文学”“救亡文学”，于是我把战前新加坡、马来亚华文文学发展历程分为：1919年至1925年为“侨民意识文学时期”，1926年至1933年为“南洋色彩文学萌芽及发展时期”，1934年至1936年为“马来亚地方性提倡时期的文学”，1937年至1942年为“侨民意识再度腾涨抗战时期的文学”，从而整理出“二战”以前新加坡和马来亚华文文学发展史。

硕士论文获得顺利通过，校内外考试委员的评语不错，我被选为优秀毕业生，并得以在毕业典礼园游会上面见香港大学名誉校长，港督戴麟趾爵士(Sir David Trench)。黄老师特别高兴，而且我还是他第一名获得硕士学位的研究生。在毕业典礼上，看到他穿着牛津大学礼袍，风度翩翩走在礼台上，我心中充满万分的敬意和谢意。

然而他对我的爱护不止于此。毕业了，该回去了——我是拿英联邦奖学金来这里上学的，按条例必须回国服务政府机关。临走前黄老师嘱咐我填写一份申请继续深造的表格。我知道要继续在港大修读博士学位万分困难，不过仍听从黄老师的指示，呈上一份申请书。

在新加坡，我静待着政府指配工作。工作令还没下来，却收到港大的一封信，我竟被录取为博士研究生了。这真是天大的喜讯。我赶紧向新加坡公务员委员会申请暂缓服务，以便继续在港大修读博士学位。公务员委员会同意了，不过表示如果新加坡需要我的服务，必须立刻回来工作。我签署文书同意了，然后第一时间购买机票，飞往香港。

我见到黄老师，再三向他致谢。我知道，没有他的推荐，我是不可能有这个宝贵的机会的。听说那一届文学院只录取我一个博士生而已，更让我万分感激。黄老师和我迅速地讨论博士学位的研究课题。他坚持，博士学位论文一定要“论”，而且要就大方向、大问题提出个人见解，并就个人见解展开论辩。这确实是一项大挑战。

博士论文，重心在“论”，必须有大问题、大方向，而且要有独见，这些念头在之后的两三个月间一直盘踞在我脑际。突然想起，一般讨论王夫之诗论的，都没涉及他那三部评选集，是什么原因？是论者没看过这些选集，还是有其他原因？于是我从基本的一些观念思考——什么是诗论，诗论的范围，再环看文学批评史著作是怎样处理这些问题的，结果发觉这些著作在处理方法上缺点不少，而且是重大的缺失。我把我的想法和发现的问题记录下来，并向黄老师报告。黄老师听了我的报告，脸上显露浓浓的喜意：“好啊！”这两个字，三番五次从他口中说了出来。那一次会面，就把我的博论题目定了下来：《诗论史辨惑：明末清初诗论探析》。

天有不测风云。我正努力搜集有关方面资料，新加坡公务员委员会来函，要我即刻返回新加坡，到南洋大学中文系述职。消息传来，无异五雷轰顶。我把消息告诉黄老师。黄老师一惊，说：“港大要求研究生修读高级学位，必须居留香港两年，你一年不到，就要回去，于律不许。”我为此烦恼了三天。三天后，黄老师突然来电，要我赶快去见他。开门进去，看见黄老师满脸笑容说：“问题解决了。校规只说读高级学位需留港两年，不是说读博士学位必须留港两年。我已经向注册处查明，你读硕士学位已经在此两年，符合规定，可以回新加坡一边工作一边修读。”我连声向他道谢，心里明白，过去几天，他一定是为我的事费尽心思，查看校规，询问同事，和有关部门交涉，才能得到这个结果。他转以严肃的口吻说：“不过，你必须每半年来港大一次，每次逗留一个月，让我看到你的研究进展。”

回到新加坡，向学校查询，得知我每年假期只有21天，如果每半年去香港一次，逗留一个月，一整年至少要60天。哎，又是一道难关！所幸在南洋大学报到后，我通过文学院萧庆威院长向黄丽松校长说明情况，希望得到他的特别批准。黄校长曾是港大校长，不但批准我的请求，还另加勖勉一番。

1974年春，论文完成了。黄老师很高兴，曾多次在会面场合中，对我在论文中批评当时文学批评史所存在的问题一再嘉许，并向我表示，他将请他的老师——牛津大学戴维·霍克斯（David Hawkes）教授担任我的校外考委。霍克斯教授是汉学大师，著译有《楚辞》《杜甫》等书，并且正在翻译《红楼梦》。黄老师高度尊敬他的为人和学问，时不时会提起他这位老师，讲课也时常用他的著作。霍克斯教授答应担任我的校外考委，黄老师喜形于色，很快告诉我这个消息。两三个月后，霍教授的报告来了，我可以参与学位答辩。答辩通过后，黄老师兴高采烈地说：“霍克斯教授不但通过你的论文，还建议你这论文应该迅速出版。”

我回到新加坡后，由于是比较早获得博士学位的中文系本地生，工作繁忙，还受邀参加小区和文教团体的工作，因此就很少出国。不过无论前往或途经香港，我总会去探望黄老师。黄老师开始还住在何文田街，后来搬到太子道附近，地方较大。他还是像过去那样，一见面一定问起家里的情况、孩子的情况，然后留我到深夜，谈文学评论的问题，谈他的研究写作计划，谈他对一些问题的发现。一面说，一手拿着酒樽，一手捏着香烟，虽然眼睛已将迷茫，但是心中追求学问知识的火焰依旧燃烧着。

南洋大学经历风风雨雨，终于合并为新加坡国立大学。我在新加坡国立大学退休后，受聘到中国台湾佛光大学文学所任教。陈炜舜老师稍后也到佛光大学来。一日他说，黄老师好友冯以浤先生托他转告我黄老师病重的消息。我在港大就读时，多次和黄老师、冯先生、冯夫人张曼仪老师聚谈，冯先生知道我跟黄老师的密切关系，他会通过炜舜告诉我黄老师的事，事态一定严重。我从中国台湾回家后，立刻从新加坡飞赴中国香港，到医院探望他。黄老师一见我，还是那些关心的话："家里好吗？孩子好吗？"但已不是以前那样坐在椅子上，喝着酒、抽着烟地问话。看到他脸色惨白、讲话辛苦的样子，我的眼泪不禁夺眶而出（在写到"冯先生托炜舜转告黄老师病重的消息"时，刚好读到炜舜传来黄俊贤博士的文稿，文中所述正是黄老师当时的样子）。我不要他看到我伤心的样子，但他还是转过头凝视着我，嘴角一丝微微的笑意。哎，一代风度翩翩的绅士，怎会变成这个样子？我的心真的碎了。

黄老师走了，但是他永远活在我的心中。这几年来，他不时在我梦中出现，喝着酒、拿着烟，问："家里好吗？小孩好吗？论文进展得顺利吧……"

在学习的道路上，我要谢谢两位贵人，一位是不甚熟悉但却非常关心我的人——当时新加坡教育部副提学司李庭辉先生。我们只是在他单位附近的东陵路上偶遇，他知道我任职于劳工部的工作准证局后，就劝我不能把岁月消耗在那里，一定要继续进修。他马上主动打电话到新加坡大学有关学系，要我立即申请就读。当他知道我申请失败后，有天又拿着英联邦奖学金申请表格来到我办事处，要我申请。我就是在他敦促下到香港升学的。可以说，他改变了我大半生的命运。另一位当然是黄老师了。他不仅在学习方法上开导了我、在学习态度上引导了我，更在指导学生的方式上教导了我、在关心学生生活上亲导了我。直到今天，他还是活在我的论文写作中，活在问题的发掘和探讨中，活在引导学生学习的方法中，活在带领学术界朋友推展文化的工作中。黄老师，我想你，我想念你。

蓦然回首，竟是初次交谈的延续

——忆石立善好友

2013年的一个春天，我在越南胡志明市的客舍，突然钻进一位年轻大汉。一对浓眉下，睁着一对大眼睛，还长着乌黑的胡子，提着中型行李箱，见到半躺在床上的我，问："你是杨老师吗？"我立刻挺起身："你是？""我是上海的石立善。"

坐下来几句寒暄后，他立刻说起他的研究专业——经学，目前正在写王先谦三家诗义疏的文章。谈到《诗经》，我劲也来了，我们一直谈段玉裁的《诗经小学》、他弟子陈奂的《诗毛氏传疏》等等。直到住在另一客房的苏庆华老师进来，我们的谈话才终止。一看，他座位旁还搁着那只行李箱。这就是我初次见面、初次认识的石立善。大大咧咧的东北人风格，对学问满怀热情的学者。

于是我邀请他给《华人文化研究》学报写稿，他答应了，很快就把论文《从敦煌吐鲁番出土写卷看清人三家诗异文研究之阙失》寄来。这确实是一篇质量很高的作品，我把它编在《华人文化研究》第二卷第一期的第一篇。

在初见面的谈话中，他知道我曾撰写出土文物关于诗经的论文，也为他所编辑的《东方学》向我邀稿，我把在佛光大学教学时写的旧稿《战国楚竹简〈孔子诗论〉和〈论语〉孔子诗说》发给他。后来由于参加陈炜舜老师在香港中文大学举办的研讨会时我宣读了这篇论文，陈老师希望这篇论文发表在香港中文大学和北京大学联合编辑的《中国文学学报》。我请石老师把这论文转给陈老师，他立刻答应了。

2014年和2015年，我常去上海探望在那里工作的大儿子，其间跟石老师在咖啡室见面，也曾受邀到他大学演讲，见面时谈的还是学术研究方向和方法的课题。去年湖南逸迩阁书院成立，我们又见面了，我告诉他正集合三四位学者就泰国佛牌神牌探讨汉传、南传佛教及中国道教在泰国的传播。这部书后来在逸迩阁书院的赞助下出版了。我特别请书院寄一部书给他，他回信赞许这部书提供了学术研究的新方向。他为人客气，但不说客气话，所以我就把他的意见转给其他作者以及逸迩阁书院创办人。

这不过是前不久的事，而现在他却悄悄走了。蓦然回首，发觉后来和石老师交往的种种，竟是初次见面言谈的延续。

怎么会这样，太突然了

——怀念罗宗强先生

天津教育出版社王铁冰女士来了微信：老师，听闻罗宗强先生千古，本不打算告诉您。但想想还是发信息给您，我心中很痛！

她不打算告诉我，因为我刚出院不久，还在养病期间。一听到这消息，我确实是震惊了，回应：哇，怎么会这样，太突然了！

回忆遂一页一页翻开。

和罗先生初次见面，是在潮州举办的韩文公研讨会上。罗先生是潮州人，这个研讨会对他而言倍加亲切，当时我们知道彼此都是关心中国文学评论的，由于会议匆忙，交谈的机会并不多，但是罗先生已经留给我深刻的印象。

我们交谈比较深入是在他受邀到新加坡国立大学中文系讲学那一年。记得他到系的第一天，就来我的研究室。开门看到他，我非常兴奋，紧紧握住他的手说："欢迎欢迎，知道你要来，我多盼望哟。"

坐下后没有什么客套话，他指着书架上我的几本中国文学评论的书说："台湾出版的书我们不容易看到，不过你的几本书我看过。你认为文学批评文类，研究应当扩大到选集和论诗绝句的看法，我非常同意。探讨选集和论诗绝句的方法，你的意见我也看过，很好。"

他单刀直入地针对我的作品发表意见。我跟罗先生没见过几回面，但是他这性格吸引了我。

我也坦然表示我对文学评论研究的一些意见，说目前研究中国文学批评的，多侧重在评论者及其作品的论析，一块一块的，看不见背后的历史、社会、文化的因素和其间传承的联系，人跟他们的论见似乎跟这些背景因素隔离开来。罗先生对我这看法表示赞同。我也知道他会赞同这个见解的。我读过他的《魏晋南北朝文学思想史》《隋唐五代文学思想史》《明代文学思想史》，都能结合上举的背景因素和当时作者的心态来写文学思想史。二十世纪七十年代我在南洋大学讲魏晋南北朝文学时，深感当时资料之不足，劝导同学们多看王瑶《中古文学思想》《中古文学风貌》《中古文人生活》等书籍，只是这些著作还不能和文学评论的关系紧密地结合。罗先生的几部文学思想史著作的出现，解决了我多时关心的问题。

文学评论、文学见解，发自作者的内心，作者的心态是研究者重点探究的课题。这也是罗先生所注重的，罗先生最注意的是魏晋士人和明代后期士人的心态，从而有《玄学与魏晋士人心态》《明代后期士人心态》两部专著的出现。选择魏晋士人和明代后期士人那些特殊的独立超群、挺拔不阿的心态和风格为论析对象，不但反映罗先生洞察文学思想的眼光，也反映他内心那种知识分子的气质。

那次会面，我跟罗先生谈了将近两个小时，直到系里的秘书说系主任要见他，他才离开。离开前，他突然指着我书架的几本我写的新马文学的著作说："杨老师，你的文学评论研究计划很多，就少写这些作品。"

我一错愕，但很快就清楚了。我硕博论文都是研究明清诗论的，我还在香港大学读书时，新加坡驻香港高等专员公署一等秘书王慷鼎先生曾经约请我吃饭，要我多注意新马文学，多为新马文坛做些事。当时我正全心治理中国文论，直接回绝了他的好意。回到新加坡之后，才知道无论是在课堂上、研究上、出版上还是文学活动上，新马文学都急需学术人员做很多的工作。于是我毅然接受留港时期王先生恳切的建议，拨出一些时间整理和研究新马文学。关于新马文学的文章发表了，著作出版了，但我的导师黄兆杰教授曾直接表示我应该专心于中国文学评论的探讨。斯坦福大学王靖宇教授没有明言，隐隐然也有此意。我深深地感受到两位先生的爱护之意。罗先生在初次深入交谈中，也提出这看法，不但表露他直爽的性格，也充满爱护之情。

跟罗先生交谈两天后，由于我的学术假期，我离开新加坡好几个月。回来后，罗先生已经完成教学工作返回天津，我们错过再次见面的机会。

其后由于我孩子在天津塘沽工作，我有时会到天津。曾经有两次到南开大学探望他，一次他不在，说是到医院去；一次看到他了，但是我孩子事忙，没有说几句话就告别。

说起来，我跟罗先生交谈机会真是太少了；但是我们彼此从作品中了解彼此，也可算是深交。

去年年底，我刚听说北京中华书局出版他的文集十一册。在为他高兴而祝贺时，竟接到他仙逝的信息，当然会脱口而出："哇，怎么会这样，太突然了！"

我们真有缘

——追忆松年法师

认识松年法师，是中文系同事陈荣照先生介绍的。在新加坡文化界，有谁不认识松年法师？对我来说，他是一位德高望重的长者，没有人介绍，哪敢贸贸然去看他。

陈先生嘱咐我必须在午睡时间前去看松年法师。我遵照陈先生的指示，来到松年法师担任住持的菩提阁。经寺庙通报后，松年法师慢步从卧室出来，笑眯眯地说："松年博士，非常欢迎。"接着又说，"你名松年，我也是松年，我们真有缘。"

我们的谈话就在他营造的亲切轻松的氛围中展开。

他告诉我，"松年"是他的法号。他原姓宋，江苏海陵人，宣统三年(1911)出生。他四岁丧母，八岁学艺，十六岁出家。日军投降后他到香港，在香港短暂居留，1952年到槟城，1960年到新加坡。松年法师书画为世人广泛称誉。狂草、篆书、隶书，无一不精。台北故宫博物院藏有他的书法，新加坡前总理访问日本，以法师的墨宝作为赠送裕仁天皇和首相中曾根见面礼一事，更为世人津津乐道。

我在他面前不敢肆意论书谈画，只是提及当时研究明末清初江苏多位杰出文人，如昆山顾炎武、归庄，常熟钱谦益、冯班，如皋冒辟疆、吴县唐伯虎、祝枝山、文征明、沈周等人的事迹。法师对这几个人都非常熟悉，滔滔不绝地谈他们的诗作、书画的看法。后来还是我怕耽误法师休息，向他告别。告别时他随手拿出一幅大写"佛"字的中堂给我，真是太感谢他了。

和法师另外一次见面是在菩提阁素餐馆。好友钱翰琮代表新加坡文物馆宴请法师，他知道我认识法师，就让我陪坐。1993年，法师把他多年收藏的一百多幅中国珍贵名画赠予新加坡国家博物馆，其后，又把个人的百幅书法以及珍藏的古陶瓷器和青铜器捐给博物馆。博物馆除了正式答谢的场合外，还另请时任高级政务次长的钱翰琮表示特别感谢。

我们早就到餐馆等候，法师和钱先生见面后，看到一旁的我，笑笑道："杨先生也在这里。你名松年，我也是松年，我们真有缘。"

宴会中途，一位朋友突然提出："松年教授，你名字叫松年，法师也叫松年，你研究文学，应该用'松年'两个字作个对联送给法师。"我难以推辞，看到墙壁上有"无量寿佛"字样，就在纸上写了"松涛声有致，年寿量无疆"，以此祝颂法师。法师倒也没说什么，笑笑地把这纸张置于他的僧袍中。

三个星期后，图书馆的学长辛金枝突然来电：松年，法师找你，好像很急。我立即前往菩提阁，法师见了我，很高兴，从他卧室拿出两幅篆体书法，一幅写着上款"松涛声有致"松年教授雅存；另一幅写着"年寿量无疆"，下款松年于觉心宅。他说："这送给你，也祝你健康长寿。"我大喜过望，连声道谢，并表示这副对联装裱立框后，将置于厅里的中堂。他说："好的，装置好之后，我要去看看。"

对联装置好了，中间配一法师所写的"佛"字中堂。我电告法师，啊，他决定要来看看。于是我立刻载他到我家，一进门，他直往大厅走去，看到墙壁悬挂的对联和中堂，开怀地笑："哈哈，你名松年，我也是松年，我们真有缘。"

1998年，法师圆寂。那天寺庙挤满高官贵人，我静静守候在门外,内心很痛,静静地哀悼着。

我坐在厅堂望着法师所写的那副对联。法师那“你名松年,我也是松年,我们真有缘”的笑语,犹泠泠在耳;法师过去为慈善公益所做的一切,犹历历在目。

人可以没气，不可以漏气

——我们印象中的孙炳炎主席

“人可以没气，不可以漏气。”随着一阵洪亮厦门口音哈哈笑声而来的，是高高瘦瘦穿着长袖上衣蓝色长裤的身影。在新加坡同安会馆聊天的理事，都知道孙炳炎主席到来了，个个不由得站起身来，迎接孙会长。

孙炳炎主席，一位和蔼可亲平易近人的长者

孙炳炎主席之所以受到人们的广泛尊敬，一个重要原因是他平易近人、和蔼可亲。不论在什么场合，不论遇见什么人，总是嘘寒问暖。先父杨元真大人，极为热爱家乡，但返回同安老家去看看，对他来说曾是极高的奢望。因此他把热爱家乡的感情都灌注在对同安会馆的关心以及积极参与会馆的活动上。记得我还是孩童的时候，父亲经常带着我们兄弟俩到丝丝街和附近的街道散步，经过同安会馆时，还特别跟我们提起同安家乡的点点滴滴，所以我们很小就对同安家乡和同安会馆有着非常深刻的印象。而父亲，不但自己参与会馆事务且担任会馆理事，也常常劝导我们兄弟俩要参加会馆的活动。劝导中经常提及孙炳炎主席是如何的亲切，如何的关心同乡的亲人。弟弟杨松鹤就在父亲的劝导下，很早参加会馆的工作。当时会馆中的领导，都是六十岁左右的长者，松鹤算是最年轻的了。正是孙

主席亲切的态度,让年轻的松鹤很快就适应会馆的规矩、习惯和运作方式。我也是被孙主席的亲切态度所感动,然后加入会馆活动的。

由于经常需要出国出席会议,同时忙着社区工作,我原是没有计划参加会馆的活动的。记得在会馆庆祝五十五周年晚宴上,孙主席见到我,拉着我的手,恳切地问道:“怎么还没决定到我们的大家庭来呀?我们期待你参加会馆活动呀!”亲切的声声召唤,深深地沁入我的心坎。当父亲因为年纪关系决定从会馆职位退下时,语重心长地对我说:“该是你决定回应孙主席呼吁的时候了。”由于孙主席亲切的言语,随着父亲的退休,我加入了会馆。

孙主席亲切和蔼的作风是广为人知、广受各方赞誉的。所以人们推举他担任许多新加坡重要的社区组织的领导,如新加坡同安会馆主席、中华总商会会长、怡和轩俱乐部主席、福建会馆副主席、新加坡游泳会主席、新加坡中华医药会主席、孙氏公会主席。有些团体,一旦让他当了主席或会长,就不再让他走,一做就是几十年,如新加坡同安会馆,中华游泳会等等就是如此。

孙炳炎主席,一位意志坚决神情坚定的长者

“人可以没气,不可以漏气。”简简单单的一句常挂在孙主席口头的口头禅,生动地反映了他的坚决处事的意志。就是这股坚决处事的态度,造就新加坡同安会馆一个又一个神奇的事迹。新加坡同安会馆原本只是一间挨在丝丝街口的小屋,经济上一点也不富裕。但是当孙主席看到会馆未来发展的契机,就决定为会馆兴建大厦。这项大胆的计划对许多会馆理事来说是不可思议的,很多理事心中充满了疑虑。然而孙主席的意志是坚决的,面对很多人的疑虑,他神

情坚定,说做就做。人可以没气,不可以漏气。坚强的意志令他四处奔走,向乡亲募捐,向银行贷款,一座十层楼的同安会馆大厦因此才耸立在今日繁忙的金融区。今天人们经过这个金融区,看见这里竟然出现一座同乡组织的大厦,都会为这位有远见有坚强意志的领导肃然起敬。

二十世纪末，孙主席事业的失败是对他坚强意志的另一个考验。他辛苦建立并经营多年的商业王国——森林集团——垮了,但是他依然坚持不懈地推动社团的工作,依然不断寻求继续发展的商业机会。他曾经在一个场合表示,那个商业王国的倒下,是会让一些人经受不住而从高楼跳下的。言语文字固然让人听了深感悚然,但他表情是平和的,神情是坚定的,还带点丝丝的笑意,我们不禁为这位坚强的老人更增添多一分敬意。

孙炳炎主席,一位任劳任怨、气度宽大的长者

二十世纪九十年代新加坡同安会馆一些理事商讨成立世界同安联谊会事,孙主席对组织世界性的组织是非常支持的。这可以联系到南洋华人历史来说。“七七事变”爆发,南洋响起了一片沸腾的抗日声浪。领导抗日的陈嘉庚,是同安籍人;领导南洋华人抗日的中心,是怡和轩俱乐部。陈嘉庚是同安人又是怡和轩俱乐部主席,孙主席的身份籍贯都和他一样,曾表示他受嘉庚先生的影响很大。陈嘉庚组织南洋各地区华人的做法和精神,也确实感召了孙主席。因此,孙主席对成立世界性的组织开展活动之举,很高兴地赞成并大力支持。平时,重视团结各地的他就特别注意和马来西亚各地同安乡亲会的联谊,有什么周年宴会或重要仪式,都会组织并领导新加坡会

馆理事参加，更何况现在要组织全世界的同安乡亲。

可以说，嘉庚先生组织南洋各地区成立南侨总会，这和要组织的世界各地同乡会的精神是有共同之处的，虽然前者是为了抗日，后者是为了促进乡谊，团结乡亲，共谋商业、文化的发展。所以当会馆决定进行组织世界同安联谊会计划后，时已高龄八十有余的孙老不顾疲劳，两次长途跋涉亲自率团赴槟城、怡保、雪兰莪、五条港、吉胆岛、马六甲和柔佛州邀请乡亲参加成立大会。他还以个人的关系邀请到菲律宾、印度尼西亚等国家的乡亲，福建省领导、同安县书记和县长，台湾地区的乡亲到会。在他的领导下，理事们众志成城，成功举办该大会，为世界各地同安人造就了一个联系平台。他也参加了后来的第二、第三和第四届世界同安联谊大会，不辞劳苦，获得各地同乡团体的敬重，气度宽大，更受到同乡团体的拥护。

孙炳炎主席，一位知人善任、爱才若渴的长者

作为一位杰出的商场王国的领袖，孙主席深知杰出的人才对事业发展的重要性。这样的认知发挥在社团工作上，化为知人善任、爱才若渴的作为。

二十世纪九十年代新的会馆大厦落成之后，有远见的他知道会馆会务要发展必须转型，而转型除了需要原有理事的努力外，更要引进乡亲专才。引入专才之后，必须放手让他们发挥。于是我们看到，会馆在原有理事和新引进的专才配合推动下，举办了一届又一届的国际传统文化学术研讨会，邀请世界各地知名学者前来讨论传统文化的课题。

新的创举在新加坡文化及宗亲组织之中引起很大的反响，不但

引发后来宗亲组织纷纷仿效举办如是性质的会议或传统文化课程，一些外来学者回去后也打算采用同安会馆研讨会的模式举办会议，马来西亚的学者就曾经如此表示。

会馆也常年举办元宵、中秋猜灯谜活动，并且深受各界欣赏。诗词班的成立也为传统文化的延续尽了一番心力。当时的新加坡同安会馆，能在宗乡团体中树立很好的声誉，就是由于推展传统文化所做的多方努力。而努力的来源，即建立在孙主席爱才若渴、广纳专才、知人善任的基础上。

以上是杨松年和杨松鹤对孙炳炎主席的印象。

丁篇

序跋讲评

陈炜舜《卿云光华——列朝帝王诗漫谈》序

帝王诗有悠久的历史和传统。传说帝舜曾弹五弦琴,唱《卿云歌》。《卿云歌》是否是帝舜当时作,帝舜是否曾唱《卿云歌》,都无法考证。即使有法确定,帝舜所唱《卿云歌》,是否就是帝舜本人所作,亦属不可知。然而,这传说则传达一个重要讯息:诗在古人眼中,是有崇高地位的,很早就跟帝王结下密切的关系。在我们还没有办法确定《卿云歌》的作者身份前,尊重这些传说的说辞,是有一定的意义的。

诗与帝王关系密切,不但帝舜,其后的商汤、周武等等,都有诗。降及秦皇、汉武、魏文、魏武,这些政绩彪炳的人君,也都有诗。后世帝王更不用说了。

一般来说,历代朝廷,对帝王的教育,是非常重视的,早在商代周朝就设立特别官职教育东宫太子。以明代来说,教育太子的太子少师、太子少傅、太子少保是正二品官阶,所以太子成为帝王后,能诗善文者自然不少。如陈炜舜先生书中所统计,帝王有诗存世的,竟近九十人,而诗作数目之多,也可以想见。

在传世的众多帝王诗中,有不少佳作。前述的魏文、魏武、梁武帝、李后主等都是中国诗歌史必会提及的名字,而当然也会论及他们的诗作了。但是能诗的帝王就只有寥寥这几位吗?陈炜舜先生此书列举了近百位帝王的诗作论述,从这一点就可以打破人们对帝王诗数量不多的狭隘认识。

历代帝王诗数量究竟有多少，至今没有人真正统计过。市面上有名为帝王诗全集的，所收近两百首。以陈炜舜先生所估计的帝王有诗作存世的九十余人计算，近两百首的数字显然是不确实的。在诗作选辑上，中国诗选有全面收集诗人作品之作的，如《全宋诗》《全明诗》等之类，也就是《四库全书总目》所说的："网罗放佚，使零章残什，并有所归。"深入观察这些全面收集作品的总集，可以发现多重于纸本诗文别集里头诗歌作品的收集，而忽视那些流落田野，或藏于官府和私人藏库的书画题诗之类的作品。举个例子说，乾隆皇帝天分高，深谙诗书画，每日勤于笔耕，有人曾说他的作品数目堪比《全唐诗》的诗作上总数。他所收藏的书画据说数以千计，并喜欢在所欣赏的书画作品题诗。姑且不论他为名书画题诗的做法恰当与否，以他的审美水平和诗作的技巧，所作的题画诗不但为数众多，而且佳作应该不少。全面收集有清一代诗作的编者在面对乾隆帝皇诗作时必会面对如何处理的问题。

谈到选集的模式，《四库全书总目》还提及另一类的选本："删汰繁芜，使莠稗咸除，菁华毕出。"帝王诗优秀者不少，但是一般属于精选作品的选集不多选帝王诗，如《唐人选唐诗》没取帝王诗，王夫之选本《唐诗评选》虽高度称赞唐玄宗歌行，也只取他的诗作一首，《唐诗三百首》也只取唐玄宗一首作品。其中原因为何，陈炜舜先生的书跋中虽略有提及，但我认为，实有进一步察明的需要。

读帝王诗资料了解到，中国早就有诗歌唱和的传统，传说帝舜的《卿云歌》就是如此。《尚书大传·虞舜传》云："舜将禅禹，于时俊乂百工相和而歌《卿云》。帝乃唱之曰：'卿云烂兮。'八伯咸进，稽首曰：'明明上天。'帝乃再歌曰：'日月有常。'"全诗三章，由帝舜首唱、百官相和，来赞赏帝舜禅让帝位的盛举。其后汉武帝与群臣的柏梁台之会，曹丕和邺下文士的南皮之游，都是古代诗坛盛事。后世唱和，流于两端：或相互吹捧，无病呻吟；或聚集结社，互道故国沧桑之感。前者屡遭评论者诟病，后者虽然不是步韵赓和或宴会对唱，但是结聚成社，共为相同的意旨抒发情怀，则又是古代诗歌唱和形式的演变。其中如宋末元初月泉吟社，以及明末众多诗社的社友及作品，更让人至今感叹不已。有人或认为此类诗社和早期的帝王唱和不类，我则认为有其相承的脉络。

陈炜舜先生这部作品，如前所说，确实纠正一部分人对帝王诗的误解，扩展人们对帝王诗的认识。而在举述各帝王诗时，所述持之有故，展开论述有方，给予我的印象极为深刻。

孙敏智《教化与娱乐——宋元戏文研究》序

孙敏智的《教化与娱乐——宋元戏文研究》分六章论析宋元间的戏文，前三章重在讨论戏文文本、戏曲文化，特别是戏曲教化观的形成与延续以及戏文中的教化状态。第四、第五章集中就戏文的语言艺术与批评传统立论，第六章总结观点。很明显可以看到，戏文中的教化观和中国传统的儒家文化是分不开的。

敏智此书，论文章节清晰，论述条理分明，对古今有关论见，比对论析，据理论辩，予我深刻印象。

论文多处据《诗大序》畅论诗言志、诗教、讽谏传统等课题。这些也是我较为熟悉的方面，这里仅就这些方面提出我的一些看法。

论中国文化传统，一定得提及儒家思想，所以讨论中国文化与文学，《论语》《诗大序》等是重要的依据。我一直觉得，掌握《论语》中孔子有关诗之“兴”“观”“群”“怨”四字，对把握中国传统学者的传统文化与文学观点有巨大的帮助。

其一，《论语·为政》云：“《诗》三百，一言以蔽之，曰思无邪。”后代学者对“思无邪”有不同的诠释。普遍的意见以此为性情之真。性情之真，《诗大序》云：“诗者，志之所之也。在心为志，发言为诗。情动于中，而形于言。”性情既然发自内心，自然为性情之真。刘勰《文心雕龙·明诗》云：“人禀七情，应物斯感，感物吟志，莫非自然。”钟嵘《诗品序》云：“气之动物，物之感人，故摇荡性情，形诸舞咏。”又说：

“若乃春风春鸟，秋月秋蝉，夏云暑雨，冬月祁寒，斯四候之感诸诗者也。”也说：“至于楚臣去境，汉妾辞宫；或骨横朔野，或魂逐飞蓬；或负戈外戍，杀气雄边；塞客衣单，孀闺泪尽；或士有解佩出朝，一去忘返；女有扬蛾入宠，再盼倾国。凡斯种种，感荡心灵，非陈诗何以展其义，非长歌何以骋其情？”这里的“动”“感”“荡”与情和心灵关系的运用，把诗的发生和诗人的心联系起来，孔子说“诗可以兴”在这里有了具体与形象的说明。“诗可以兴”的“兴”，后代也有不同的解释。学者或解为起（孔颖达），或更清楚释为先言他物以引起所咏之辞（朱熹），都是基于“物感”引起“情生”的释说。换句话说，孔子的思想在这种论说中发挥了重大的作用。由于重“情”，相应地就反对“法”。王夫之《夕堂永日绪论·内编》云：“把定一题、一人、一事、一物，于其上求形模、求比似、求词采、求故实，如钝斧子劈栎柞，皮屑纷霏，何尝动得一丝纹理？”例子很多，不多举了。

其二，既然诗（亦即文化艺术）能真实地反映作者、作品的真实情感，读诗便可以从作品了解作者，以及作者所反映的个人的和社会的诸多情况。《诗大序》云：“情发于声，声成文谓之音。治世之音安以乐，其政和；乱世之音怨以怒，其政乖；亡国之音哀以思，其民困。”这就是孔子说的“诗可以观”，只是这四字说得还不够清楚。邵雍《伊川击壤集序》云：“子夏谓诗者，志之所之也。在心为志，发言为诗，情动于中而形于言，声成其文而谓之音。是知怀其时则谓之志，感其物则谓之情，发其志则谓之言，扬其情则谓之声，言成章则谓之诗，声成文则谓之音。然后闻其诗，听其音，则人之志情可知之矣。”此言从作品可以知道作者的志与情。李东阳《王城山人诗集序》云：“夫诗者，人之志兴存焉，故观俗之美与人之贤者，必于诗。”《礼记·王制》：“命太师陈诗以观民风。”“观”在中国文化思想中有重大的发挥。就其大者而言，《系辞》云："古者庖羲氏之王天下也，仰则观象于天，俯则观法于地，观鸟兽之文，与地之宜。近取诸身，远取诸物，于是始作八卦，以通神明之德，以类万物之情。"小如刘勰在《文心雕龙》中提出的批评文学作品的"六观法"，《知音》篇云："将阅文情，先标六观：一观位体，二观置辞，三观通变，四观奇正，五观事义，六观宫商。斯术既形，则优劣见矣。"敏智论"观"，取用六十四卦的"观卦"析论，深入浅出，相当精彩。《诗大序》云："上以风化下，下以风刺上。"则"观"不只是单向的。六十四卦中的"临卦"，上坤下兑，是以上视下；"观卦"，下坤上巽，则是以下观上。"临卦"和"观卦"相互为综卦，则应更留意综卦在"可以观"上的内涵。

其三，《毛诗序》云："变风发乎情，止乎礼义。发乎情，民之性也；止乎礼义，先王之泽也。"此言"诗有正变"，用王夫之的话说，即有"贞淫之别"。其《诗广传》云："情之贞淫，同行而异发久矣。"并建议"审乎情而知贞与淫之相背，如冰与蝇之不同席也，辨之早矣。不奖其淫，贞者乃显"。他举出他所肯定的贞情，云："孝子之于亲，忠臣之于君，其爱沉潜，其敬怵惕，迫之而安，致命而已有余，历乱而不瞀，情之性也。"王夫之生当明末清初的乱世，在这民族危亡的时刻，像他这样忠君爱国的作者是不少的。他们都对具有忠义思想的作者与作品高度赞许，如明末归庄《吴余常诗稿序》云："诗家前称七子，后称杜陵，后世无其伦比。使七子不当建安之多难，杜陵不遭天宝以后之乱，盗贼群起，攘窃割据，宗社鼿甈，民生涂炭，即有慨于中，未必其能寄托深远，感动人心，使读者流连不已如此也。"性情之真在性情之正的包含下得到高度的发挥，如钱谦益《纯师集序》云："夫文章者，天地之元气也。忠臣志士之文章，与日月争光，与天地俱磨灭。然其出也，往往在阳九百六、沦亡颠覆之时。宇宙偏沴之运，与人心愤盈之气，相与轧磨薄射，而忠臣志士之文章出焉。有战国之乱，则有屈原之楚词；有三国之乱，则有诸葛武侯之《出师表》。”基于此，他们常常强调作品要有本，要立本。“本”不但具有性情之真，更有性情之正的内涵，如陈子龙《青阳何生诗稿序》云：“古人之诗也，不得已而作之；今人之诗也，得已而不已。夫苏、李之别河梁，子建之送白马，班姬明月之篇，魏文浮云之作，此境与情会，不得已而发之咏歌，故深言悲思，不期而至。今也，既无忠爱恻隐之性，而境不足以启情，情不足以副境，所纪皆晨昏之常，所投皆行道之子，胡其不情而强为优之啼笑乎？故曰：明其源，审其境，达其情，本也。”敏智谈宋元时期的戏文，深入讨论戏曲创作与儒家传统诗文观点的融通，揭开了戏曲文化中的立本的主题。

其四，《诗大序》云：“变风发乎情，止乎礼义。发乎情，民之性也；止乎礼义，先王之泽也。”此言先王教化民众原始存在的血性之情，导引至合乎礼义的正道。《诗大序》言及“先王之泽”，云：“正得失，动天地，感鬼神，莫近于诗。先王以是经夫妇，成孝敬，厚人伦，美教化，移风俗。”这句话不但进一步彰显“诗可以观”的内涵，而且强调诗化民之性的教化作用，从而能达到“诗可以群”的目的。在《诗大序》中，作者一再强调教化及其作用，如：“风以动之，教以化之”“上以风化下，下以风刺上”，他们肯定文学在教化工作上的作用，并给予一个名称：“诗教。”《礼记·经解》云：“孔子曰：入其国，其教可知也。其为人也，温柔敦厚，诗教也。”孔颖达释“温柔敦厚”为“诗教者也：温，谓颜色温润；柔，谓性情和柔。诗依违讽谏，不指切事情，故云：温柔敦厚，诗教也。”《经解》又云：“其为人也，温柔敦厚而不愚，则深于诗者也。”孔颖达释云：“此一经以诗化民，虽用敦厚，能以义节之，欲使民虽敦厚，不至于愚。”此理也呈现在《诗大序》之中。作者谈教化，提出

“上以风化下，下以风刺上”之后说：“主文而谲谏，言之者无罪，闻之者足以戒。”谲谏，婉转的讽谏，就是温柔敦厚之意。又云：“变风发乎情，止于礼义”，就是“虽用敦厚，能以义节之”的“温柔敦厚而不愚”之意。这种观点影响后代的诗歌创作与理论甚大，如元好问在《杨叔能小亨集引》中谈唐人作品能“知本”而取得骄人的成绩，云：“唐人之诗，其知本乎？何温柔敦厚，蔼然仁义之言之多也！”陆时雍《诗镜总论》云：“夫温柔悱恻，诗教也。恺悌以悦之，婉娩以入之，故诗之道行。”所以，看中国传统文化中的讽谏观点，要注意所说的讽谏实为谲谏，是婉转的讽谏，具备温柔敦厚的内涵。中国学者谈温柔敦厚的诗教，甚至从天人角度来确认其间的关系，如王夫之《古诗评选》中评曹丕《杂诗》：“夫大气之行，于虚有力，于实无影。其清者密微独往，益非嘘呵之所得。”在评诗时，他常以此为准则要求来批判作品。

其五，孔子在《论语·阳货》中说：“小子何莫学夫诗？诗，可以兴，可以观，可以群，可以怨。迩之事父，远之事君，多识于鸟兽草木之名。”一般人理解这段孔子对诗的功能和作用的看法，偏于诗的主体立论。明末论诗者，则有特出的意见。首先是从读者的角度来理解这段话，其次是对其中的“可以”一词有灵活的发挥。先谈后一点。王夫之在诗话之作《姜斋诗话·诗绎》和《夕堂永日绪论·内编》中两次提及：“‘可以’云者，随所以而皆可也。”这是很精辟的理解，它把“兴”“观”“群”“怨”四者有机地联系起来，从而把他的诗歌接受理论提到一个超过前人的高度。由于他有这样的理解，所以《诗绎》中说：“诗可以兴，可以观，可以群，可以怨。尽矣。辨汉、魏、唐、宋之雅俗得失以此，读《三百篇》者必此也。‘可以’云者，随所以而皆可也。于所兴而可观，其兴也深；于所观而可兴，其观也审。以其群者而怨，怨愈不忘；以其怨者而群，群乃益挚。出于四情之外，以生起四情；游于四情之中,情无所窒。”在《夕堂永日绪论·内编》中,他再以此观点批评论者死板的论诗态度:“兴、观、群、怨,诗尽于是矣。经生家析《鹿鸣》《嘉鱼》为群,《柏舟》《小弁》为怨,小人一往之喜怒耳,何足以言诗?‘可以’云者,随所以而皆可也。《诗》三百篇而下,唯《十九首》能然。李、杜亦仿佛遇之,然其能俾人随触而皆可,亦不数数也。”由此,他建立起他的诗歌鉴赏论说。在叙述读者于“兴”“观”“群”“怨”中“出于四情之外,以生起四情;游于四情之中,情无所窒”之后,他接着说:“作者用一致之思,读者各以其情而自得。故《关雎》,兴也;康王晏朝,而即为冰鉴。‘讦谟定命,远猷辰告’,观也;谢安欣赏,而增其遐心。人情之游也无涯,而各以其情遇,斯所贵于有诗。”并在诗评选作品中以此观点论诗评诗。敏智谈戏曲接受与理论建构,呼应了王夫之这方面的意见。

其六,近年来,我对中华文化的跨境传播相当感兴趣。在新加坡马来亚华文文学史的书写的讨论上,曾经为新马华文文学史著作忽略如对联、粤讴、龙舟歌,以及传统戏曲等早期的通俗文学作品感到惋惜,并呼吁有关研究者应该研讨这类作品,补入文学史遗缺的篇章中。海外的华文通俗文学,早期作品不少,但是现在有些已经消失了。粤讴、龙舟歌与戏曲,在中国香港、中国澳门还有不少支持者,在新马,有些月份还看得到传统戏曲的表演,但多已成为祭祀鬼神的节目。即使如此,这些作品也有高度的采集价值。希望敏智能够进一步以戏曲为核心从事跨境研究,在未来帮我们整理出一部中国戏曲跨境传播的专著。

《半闲轩诗词集》代序

——孜孜于文化建设的李金泉先生

新加坡同安会馆的黄培德先生交来李金泉先生即将出版的诗稿，希望我能为这诗集写序，我欣然答应。欣然答应的主要原因，出自多年来和李先生一起在同安会馆推动文化的友情，以及对他从青年到晚年孜孜不倦建设文化的佩服之情。

李先生1916年10月28日出生于新加坡，原籍福建同安。曾在新加坡爱同学校就读，后转入英校。战前曾担任《星中日报》《星洲日报》《南洋商报》记者与编辑。1942年2月12日在日军占领新马期间，与林谋盛、庄惠泉、林庆年、郭瑞人、王吉士、胡少人等离星，经苏门答腊、锡兰，逃往印度加尔各答。在印度，他加入英国新闻处，后更参加敌后作战的136部队。日军投降后回返新加坡，曾与张匡人等合办《公报》。1946年下半年，任《南洋商报》采访记者。1947年出任《中兴日报》新闻编辑。1948年担任英军军事政府的公众联络部副主任。1952年再回返《南洋商报》，担任该报督印，后从商。李先生于1999年9月3日去世。

李先生对文化的坚持，不仅体现在他曾经担任几份报章的记者，而且曾经出任《南洋商报》的督印，最重要的是，他在不同的文化领域孜孜不倦地从事推动的工作。

早在战前，李先生就是一位活跃的文化工作者。他在服务于母校校友会期间，是该校友会的重要工作成员。战前的爱同校友会以戏剧表演出名。1938 年 1 月 23 日爱同校友会在大世界第一台演出两幕剧《巨浪》,李先生是该剧的编剧与导演。《巨浪》是有关抗战救亡的两幕剧,内容反映当时在日人矿场工作的工友,了解到所挖掘的矿料被用来援助日军政府,愤而退出矿场,以行动支持中国的抗日。这一剧的演出,获得当时戏剧界的好评。其后爱同校友会所举办多次的戏剧演出,李先生都是主要的负责人。

除了戏剧活动之外,在战前,李先生也是活跃的文学作者。他所写的多为小品及论文。在战后,李先生不在戏剧领域活动了,然而他的创作意念更加强烈。他曾用多个笔名创作小品,如若谷、半闲轩主、超云、夏潞、铁津等,也在《星期六》周刊发表多篇短篇小说。由南洋报社出版的短篇小说集《桃乐赛》就是这时段作品的结晶。

二十世纪八十年代开始,李先生在新加坡同安会馆积极地参与多项活动,其中对传统文化的推动最为有力。我们一起策划了多次传统文化国际学术会议,使得同安会馆能够突破地缘的限制,向国际社会表示了它要参与推动传统文化的意愿。多次的国际学术会议吸引了各国各地学者的参加,使得新加坡同安会馆在这一活动项目上树立了光辉的形象。新加坡同安会馆举办学术会议的模式,更获得其他地区社团的仿效。

在推动传统文化的工作上,李先生也认识到,传统文化的推广需要有大众的基础,需要得到大众的喜爱。因此他在华人传统节日中,设置能够吸引一般民众参加与观赏的传统节目,如灯谜、京剧表演,等等。在猜灯谜活动上,李先生亲自出题,亲自主持,亲自引导参与活动成员猜题,使得会场充满浓烈古典与欢乐的气氛。

李先生对传统的诗词也有浓厚的兴趣,他不但创作了丰富的诗词作品,也在会馆设立诗词班,免费教导学员创作诗词。李先生亲自上课指导，亲自批阅学员的作品。在李先生热心的主持下，参加者非常踊跃。

就在诗词班成功举办的基础上，他向会馆提出举办国际诗词会议的构想，并获得会馆同人的热烈支持。这类会议举办了两届，对新加坡同乡会馆来说，也是别开生面的活动。除此之外，他又有设立诗社的构想，出版诗词刊物的念头，而这一切，都在他的坚持，以及新加坡同安会馆理事、会馆诗词班学生的协助下，一一实现了。

如今，新加坡同安会馆决定为他出版诗词集，是会馆对他贡献的肯定。会馆诗词班的学生为他的诗集的出版忙碌，是李先生的学生们表达对他多年来教导的感激。从另一个角度说，这一切，更是李先生一向以来孜孜于文化工作所应得的回馈。

我和李先生一起在会馆推动文化多年，可以说是合作愉快，而且心意相通。李先生不在，是会馆的一大损失。失去一位共同工作的好友，至今我仍然深感惋惜。

李先生会孜孜不倦的致力于文化的建设，和他的心志有密切的关系。从他的诗作中，可以深深地认识到这一点。他是一个心存宏志的人，曾经表示："伏枥空夸怀壮志，登楼暗叹负雄心。"（《迎接 1991 年》）他为南洋传统文化的衰微深感痛心，认为应当有人继承有如韩愈的伟业，振兴汉粹。他曾说："汉粹衰微最足怜，瀛寰瘴气混乌烟。韩公伟业谁争继，北斗晶莹耀九天。"他把振兴传统文化视为己职，在《次韵梁常诗翁马年早春书怀佳章》中，他说："汉粹宏兴吾辈职。"在《马来西亚诗词总会壬申中秋雅集喜赋》中，他说："宏振骚风吾辈责。"又说："莫计扶轮责属谁？骚风共振此其时。"甚至到老年，他也不以老为忤，在人生道路上，在推展文化的道路上，自比马援、黄忠，他说："百岁人生梦幻般，无成一事惨霜斑。豪情不任流年敛，壮志犹

存伏枥间。马援南征交趾境，黄忠北克定军山。休嗤老朽为东郭，当效岳飞莫等闲。”(《自励》)

他会与同道中人互相赏识而共同推动文化，这与他的怀抱有关。他曾如此表示：“诗朋远道缔吟盟，矢志同扬大汉声。”(《恭呈龙江吟社诸公》)又表示：“同擎大纛振天声。”(《敬致韦宏夫词长暨邑宁县诸诗翁》)又说：“弘扬汉粹希肩责，重振天声步圣贤。”(《奉和郑志平学弟新春贺诗》)

他期望新马的传统中华文化能够蔚盛。在传统文化的推展略有成就时，他不禁兴奋地唱道：“喜见南洲文物盛，吟坛已似日中天。”(《新上声诗社州十周年社庆喜赋》)“垓埏喜展儒家教，化外欣闻大汉声。”(《马来西亚诗词总会壬申中秋雅集喜赋》)不但如此，对世界各地的诗社组织，他都以兴奋的心情来欢呼它们的成立，祝贺它们的周年庆典，激动地颂赞它们的贡献。

从李先生一生对文化爱护、对文化建设努力的精神，我们得到不少的教育与启示。我是带着深深的敬意来为李先生的诗集写序。而在写这篇序言的时刻，脑海里不禁涌现那位天天在同安会馆办公室里、伏案为学生修改诗词习作的白发苍苍的和蔼长者的形象。

郭惠芬《中国南来作者与新马华文文学》代序

——早期南来知识分子的心态:困虑与振奋

一个国家或地区的人士,当移民到另一个国度和地区时,他们会面对怎样的问题?面对问题时,心态又是如何?如何适应新的环境?如何处理这些问题?以上所举的不但是研究文学者所感兴趣的课题,也是研究其他学科如历史学、社会学、政治学等所应留心的课题。

十九世纪末二十世纪初,大量华人从中国南来,其中包括为数不少的知识分子。这里不想探讨这些华人南来的原因,也不想说明他们南来的情形,这里所关心的,是这些南来的知识分子,特别是文学作者,他们南来后直接面对的问题是什么?所主要关心的问题是什么?面对这些问题时,他们的心态又是如何?他们怎样对待新的生活环境?当适应新的生活环境之后,他们又怎样为他们的理想付出他们的努力?可以说,面对上述问题,他们的内心还是充满着困惑、焦虑、不安,但同时又有振奋、积极,与备具信心的另一面。这也是本文用"困虑"与"振奋"分别表示他们不同心态的原因。

二十世纪初期,从中国南来的文人不少,直至这一世纪的中期,南来的文人仍然不断。早期南来的文人和其他华人一样,多因为经济的问题、生活的困难而南来。然而刚南来时,多数居住环境差,又不太适应,如衣虹曾如此说明他刚南来时的感受:

我因为来星只有二十天左右,暂时寄居在一间很狭窄的小公寓，除了吃饭、洗澡、谈话之外，全不能做半点儿工作。加之一星期来失眠症复发，每晚最多是睡两个钟头，闹得身心俱惫，昏瞀异常。①

他们工作非常忙碌，南来作者吴仲青就曾对他的朋友禾草说：

猎犬般的忙；校刊，编剧，日课，还有夜课。②

生活的奔波使他们挣扎的生命愈显得渺小，流浪漂泊的生活更使他们没有安定之感，这是他们内心困惑、焦虑之一。开武在一首诗中就如此表示上述的心态。《露台上》写道：

渺小的生命舟挣扎在茫茫的人海中，
东飘西泊何处是我们归宿之地？③

有时看到某个地方不能发展，就流浪到另一个地方去，希望有所收获。然而流浪漂泊之后，还是没有办法改变实际的情况，还是解决不了他们的生活问题，因此他们的无奈与焦虑更重了。林雪棠《给衣霞》表示：

---

① 衣虹：《编后》，《叻报》副刊《椰林》，1930 年 3 月 24 日。
② 禾草：《最后的话》，《浩泽》第 2 期，1927 年 1 月。转引自方修.马华新文学大系(出版史料).新加坡世界书局，1972.第 28 页。
③ 见《南洋商报》副刊《压觉》第 17 期，1930 年 11 月 10 日。

于今我寄迹槟江，
生活仍是一样的流浪，
继着我而重上漂泊旅途的你，
奔波到暹罗去又怎样？[1]

周了因《赤道上的呼声：别辞》更清楚地说：

这真是百无聊赖的人间，晓得这样，从前也不来了，在英属想去荷兰走一次，在荷兰又要去仰光安南走一次。[2]

漂泊不定的生活，更加深他们对故乡、亲人、朋友的思念。思念令他们更加的焦虑。思归成为早期南来作者作品的主要题材。失钧如是唱道：

苍茫茫秋色里，
一片愁惨底景致，
有个孤独底旅客，
在那边放歌吁气。

他唱着：

归兮归兮不得归；
风声飒飒地和着；

---

① 见《光华日报》副刊《绝缘回线》第7期。

② 见《叻报》副刊《星光》，1925年11月9日。

悲兮悲兮很可悲。[①]

然而家乡还是一片昏暗、污浊，人民还是生活在水深火热之中，甚至比过去更为悲惨。思露写道：

青天霹雳——传来一阵消息，
啊！我的故乡已不像从前；
我现在的故乡啊！已住满了残暴的贼兵；
全村弥漫着杀气腾腾，
交连的禾田，已堆满了死尸，
苍翠的青山，遍染了血痕。[②]

他也用以下的文字写下他眼中的中国：

你落魄归来的游子哟！
当那步儿跨入久别的故乡，
映现在你的眼帘上的是一片荒凉，
它深深地给你感到凄怆、愤恼、激昂。[③]

南洋的生活让他们深感无奈、困惑。南来后他们所认识的南洋，和他们还没有南来前所听闻的南洋不同，是他们深感失望的重要方

① 见《新国民日报》副刊《新国民杂志》，1923 年 10 月 4 日。
② 思露：《我孤独的徘徊在海滨》，《南洋商报》副刊《压觉》第 16 期，1930 年 11 月 3 日。
③ 见《故乡》，《南洋商报》副刊《压觉》第 7 期，1930 年 9 月 8 日。

面。周了因说:“我们从前以为黄金那般最灿烂的南洋,如今都成做梦想。”①

谭云山在《星光》发刊词中说:“我们到了这里看看,所谓黄金世界,原来黄金已变成黑金了!”②

不过在深感失望之后,南来的知识分子的心态又有所不同,有的在困虑之后,决定背起包袱,回返老家,如周了因说:“呵!我亲爱的朋友,我亲爱的生徒,以及一切相识与不相识的人,我是走了,这样随随便便地走了。”③

有的虽然失望了,但仍然正面地看待眼前的事物,特别是文化教育的工作,谭云山就持着这样的态度。他说:

> 我们既到了这里,不论是黄金世界,还是黑金世界,我们暂时居于斯,立于斯,衣食于斯了,我们就不能不尽点小小的责任,对于斯不能不有点暂时的小小的贡献,也可说是报酬。④

对谭云山来说,这报酬就是《星光》副刊的编辑。

至于一些到南洋来本来就怀有重大抱负的知识分子来说,他们是带着振奋心态来对待南洋的文艺的。许杰是其中的一个鲜明的例子。在所编的《益群日报》副刊发刊词《枯岛题词》中,他说:

---

① 见《叻报》副刊《星光》,1925 年 11 月 9 日。
② 谭云山:《这是什么》,《叻报》副刊《星光》创刊号。
③ 见《叻报》副刊《星光》,1925 年 11 月 9 日。
④ 谭云山:《这是什么》,《叻报》副刊《星光》创刊号。

人间是一座枯岛，我们须用文艺的锄头去开垦它。人类的心田中滋长着的是一丛荒草，我们须用科学的锄头铲除它。①

他们或者在编辑工作上，积极负起开垦荒原的责任，或者如许杰所表示的，积极负起改造南洋社会，刷新南洋文坛的责任。如段南奎在《〈星光〉今后的态度》的启事中说：

南洋的社会是沉沦的、堕落的、静止的、停滞的、臃肿的、麻木不仁的、半身不遂的病社会。我们这流浪的一群，在无论何时何地都感到不满，尤其对于南洋这样的病社会，分外觉得不满。有时还觉得不安。……而今后，我们愿本着评判的态度，来重新估定南洋的一切的价值。我们愿改造南洋的社会，我们愿澄清南洋的思想，我们愿刷新南洋的文坛，我们愿诅咒黑暗的旧时代快去，我们愿祈祷光明的新时代速临。②

他们积极地扮演雄鸡的角色，歌唱光明的到来，如陈炼青《晓天周刊》所表示的：

夜色已深沉了，岂无鸡声来报晓。暂时的黑暗断不能使我们绝望，这正使我们格外发奋以寻找光明之决心。所以这刊物的发行，不外凭我们生命的核心里发抒出来的微弱的喊声，藉以诅咒这死色沉沉的黑暗，要讴歌未来那种生气勃勃的晓天，

---

① 见《益群报》副刊《枯岛》创刊号，1928 年 8 月 23 日。

② 见段南奎：《〈星光〉今后的态度》，《叻报》副刊《星光》第 45 期。

而望读者共鸣共感。[1]

这样的意志甚至让他们积极地在南洋提倡南洋色彩的文艺，许杰就是如此，他在副刊《枯岛》的编后话说：

南洋有南洋的历史、风俗、人情、风景，作者不要何如穷搜远处，是俯拾即是的东西，譬如土人底情形，土人底恋爱、情歌、生活等等，中国人在这里的生活情形等等，各色人在这里的措施影响等等，都是绝好的文学题材。

大男（曾圣提）也在《南洋商报》的副刊《文艺周刊》表示：

南洋究竟有没有文艺之宫，究竟可否建立文艺之宫，或南洋究竟有没有文艺可以寻访，我欲登高疾呼，昭告海内外之爱好文艺之青年曰：南洋乃现代文艺之宝库，她乃取之无尽用之不无竭的文艺之源泉。[2]

于是，这些知识分子他们不但在理论上开展新马文学的建设，在编刊与杂志上致力于新马文学的推展工作，也积极进行文艺创作的工作。郭惠芬的《中国南来作者与新马华文文学》详尽地展现了这些作者丰厚的文学成果，正是得益于这些知识分子的文学成就。

---

① 陈炼青：《关于创刊的话并我们的态度》，《晓天周刊》创刊号，1928 年 11 月 8 日。
② 大男：《南洋的文艺》，《南洋商报新年增刊》，1929 年 1 月 1 日。

非常高兴郭惠芬同学能将她勤奋研究的成果出版成书。作为郭惠芬同学这本书的序言，我觉得如果只是重复书中所说过的问题，是没有太大的意义的,因此乃提出上述的一些个人浅见。

符和水、李选楼编《新马华文作品论集》序

过去整理和研究新马华文文学，多数是个人在图书馆钻研探究。随着年龄增长，看法有很大的转变。新马华文文学历史虽然不长，但是要整理探究这里头还算是丰富的文学史料，也不是简单的事。因此近十年，我一直在思考着如何让更多的人了解新马华文文学，并参与新马华文文学研究的事，让丰富的新马华文文学历史可以获得更充分的整理和书写。于是当新加坡管理学院开放大学和北京师范大学谈妥合作办学计划时，作为这个课程的学术顾问，我就一直希望这个开设在新加坡的中国学位课程中，能有新马华文文学的科目。北京师范大学的学术单位也表示当地学文学的学生，确实应该了解当地的文学，并且表示，北京师范大学在当地能开设这样的课程，正显示他们对当地文学本土文化的关注。由于双方在这一点有了共识，于是在新加坡就读新加坡管理学院开放大学和北京师范大学汉语言文学学位课程的学生，也可以和新加坡国立大学中文系，以及南洋理工大学的学生一样，有机会修读新马华文文学的课程了。

和新加坡国立大学中文系以及南洋理工大学的学生不同的是，新加坡管理学院开放大学和北京师范大学汉语言文学学位课程的学生是社会人士，社会经验丰富，有些人甚至在文教界、出版界工作多年，文字功力不弱。这些同学在修读新马华文文学后，迅速发现其

中必须展开研究的课题不少，可以发展的探讨领域也很多。于是在他们修读新马华文文学课程时，早已决定选取新马华文文学作为他们撰写学位论文的题目。这本集子所收的27篇论文，就是一些同学选取新马华文文学作为他们撰写学位论文题目的部分成果。从文章的内容看，所涵盖的领域虽然多集中在个人的探究，但一般来说，还是相当广泛的。有探讨文学机构（学校、社团等）出版经营的，如《华中初级学院华文文艺出版物初探》；研究文学机构和社团的文学活动的，如《走过诗乐历史的风灯："南大诗社"与新华文艺》《马华文学中的"花踪"》；研究一段时期的文学出版状况的，如《战后初期（1945—1949）新加坡出版的华文文学书籍》；研究文学副刊编者以及对扶持文学作者的贡献的，如《默默耕耘，文艺导师：杏影与马华文学》；而以探讨作者作品的居多，这和资料的掌握有密切关系。

然而即使同时研究作者和作品，所呈现的样貌也不少。有对小说感兴趣的，小说中又有长篇、中篇、短篇、微型之别。讨论长篇的如《一幅战乱时代的生动画卷：论苗秀长篇小说〈火浪〉》《〈浮动地狱〉与〈曲折的路〉：李过两部长篇小说评析》《论苗秀小说〈火浪〉的思想性和艺术性》；论述中篇的如《论方北方中篇小说〈娘惹与峇峇〉中人物形象的文化与社会意义》；也有专论短篇之作的，如《李过短篇小说所展现的平民意识》《韦晕短篇小说研究》等；分析微型小说的如《狮岛微澜：周粲微型小说初探》。其中备受关注的小说作者为苗秀、姚紫和李过，论著有《论苗秀小说〈火浪〉的思想性和艺术性》《苗秀小说语言特色论析》《一幅战乱时代的生动画卷：论苗秀长篇小说〈火浪〉》《战争与爱情：姚紫四篇小说中的作者爱情悲剧》《浅析姚紫后期的小说创作》《姚紫小说的艺术性探讨：〈秀子作者姑娘〉与〈窝浪拉里〉的论析》《论姚紫后期的两部小说：〈新加坡传奇〉和〈木桶鸭〉》《〈浮动地狱〉与〈曲折的路〉:李过两部长篇小说评析》《李过短篇小说所展现的平民意识》。

此外，同学们也没有忽略战前和战后初期的小说作者和作品，如《论王哥空的小说创作》《一个落力发掘南洋题材的作家:白寒旅新作品研究》。其他作品还包括《论方北方中篇小说〈娘惹与峇峇〉中人物形象》《李汝琳中短篇小说论》等等。

在散文作者和作品的探讨上,也给出以下的成绩:《连士升散文研究:从中国情意结到励志小品的心路历程》《从〈给新青年〉探讨连士升的思想及其文章特点》《方修散文思想性与艺术性初探》。

而在一些主要课题的论述上,或关怀文学的本土发展,如《从人物形象和语言风格看赵戎小说的本土意识》《一个落力发掘南洋题材的作家：白寒旅新作品研究》；或关心省籍或县籍南来作者的努力,如《默默耕耘的四位新加坡海南作家:林樨生、王哥空、李蕴朗和符红雨》《中国龙岩南来作家研究(1928—1949)》。

以上说明,不外强调一点,同学们在探求新马华文文学的课题上,所注意的方面是相当开阔的。在工作繁忙的情况下,他们积极地搜求资料,分析思考问题,付出了大量的精神,做出了大量的努力。一些同学告诉我,今天他们在回想读书和写论文的生活时,实在很难想象当时是怎样走完这条道路。不过现在我要告诉同学们:当你看到这本书中所出现的作品的时候,你将深深感受到当时那条你们不知怎样走完的道路,在你人生中所画下的光彩和所存在的意义。

希望这本书的出版是今后一系列工作的开始。想想,开放大学每一届写论文的学生有数十人,如果其中能有一部分写新马华文文学的课题,并把他们的论文出版成书,将来累积起来,无疑可以成为新马华文文学研究的一块重要园圃。

姚梦桐《郁达夫旅新生活与作品研究》序

战前五年(1937—1942)是新马华文文学史上的一个高峰时期。当时文学的繁盛,与中国南来作家的推动有着密切关系。中国南来作家,如郁达夫、张楚琨、王纪元、叶尼、铁亢等人,都受邀担任当时主要报章文艺副刊的主编职位。他们的编辑方针与选稿态度,不仅提升了当时新马文艺副刊的素质,而且左右了当时文学发展的方向。

郁达夫在中国已极负盛名,他的南来更引起各界的关注。南来后担任《星洲日报》副刊——《晨星》《文艺》等编辑职位,也编辑过《星洲日报半月刊》等期刊,在推动文艺上做出巨大的贡献。除此之外,他积极鼓吹抗日救亡、协助许多筹赈抗敌组织,并且撰写不少社论与政论散文,为新马文坛留下极为绚烂的篇章。

历来研究郁达夫的学者,多着重他在中国现代文学上的成就,而不太注意他在新马文坛所留下的足迹与所做出的贡献。姚梦桐同学表示有意撰写高级学位论文,我与同事陈荣照博士商量,决定联合指导他撰写题为《郁达夫旅新生活与作品研究》的论文。在写作之前,他曾与王慷鼎先生撰写一些关于郁达夫在新加坡作品的文章,由他来撰写这篇论文,实是恰当的人选。姚同学接到题目之后,多方面搜集原始资料,分纲剖析,写成论文,并有意将之付梓成书,交由新加坡新社出版。我们相信这部著作,将有助于国际学者对郁达夫的研究。

林文锦《战前五年新马文学理论研究》序

战前新马华文文学有两个高度发展的时期，一个是 1927 年至 1930 年，另一个是 1937 年至 1942 年。

前一个时期，就新马文学的发展来说，是从初期的萌芽逐渐趋向于成熟，在新马作者的努力之下，已具备一个踏上繁盛道路的条件。恰好当时中国国民党政府铲除异己的高压政策，使不少知识分子逃避迫害，纷纷南下。原本就已具备迈向繁盛阶段条件的新马文学，更在这些知识分子的合作耕耘下，取得空前的骄人的成果。

后一个时期，新马文学受到当时经济不景气的影响，是从衰退逐渐复苏的阶段。日本侵占中国所发生的卢沟桥事变，使新马华人社会受到巨大刺激，人们纷纷以各种各样的方式支援中国的抗战。

文学作为一个有效宣传方式，更是当时知识分子用以支持中国抗战的武器。不少中国知识分子南来，更对当时的文学发展起到了推波助澜的作用。在各界的推动之下，这一时期的新马文学步入了另一个高度发展的阶段。

可以说，这一时期的新马文学，较之前一个时期，是更加繁盛、更加辉煌的。不论是文学副刊与杂志的量还是质，这一时期都有非常突出的提升。因此，新马文史工作者会对这个抗战救亡时期的新马文学特别留意，绝不是偶然的。

多年来，我在指导学生撰写有关战前新马文学的论文方面，就很重视这个研究范围的文学。郭荣贵同学的荣誉学位论文《战前五年的新马戏剧》、林文锦(林锦)的硕士学位论文《战前五年的新马文学理论研究》,都是这方面的研究著作。我也在这个范围写了好几篇的文章。我们期望能在大家的努力之下,使这一个非常时期的文学情况能够获得比较完整的再现,使这时期的文学能在整个新马文学史中得到适当的历史定位,使这个时期中为我们的文学史努力过的文学作者及其作品能够得到应得的地位。

林文锦在撰写他的这部论文时,能够全面地收集当时各报章的文学副刊与杂志的有关资料,同时也能够非常仔细地根据所搜寻的资料,有条不紊地分门别类地整理,之后再加以细密地分析。这部论文不但清楚深入地展示了当时文学界所关心的课题,展示了当时各位文学工作者对有关课题的见解,更重要的是还展示了过去文学界的知识分子在文学理论批评这个领域勤力耕耘的成绩,以及他们所踏过的每一个足迹。林文锦向我表示有意将这部论文出版成专著,我十分赞成,并很高兴地写了这篇序言。

散文的特点在“散”吗?

——依云散文集《我把秋水山色送给你》序

散文的特点在“散”吗？答案当然是肯定的。散文和其他文学体制不同的，就在于“散”。“散”让散文这文学体制相较于其他文体能让作者更能自由地发挥，可以上观天文，下察地理，鸟兽草木，人文社会，究天人之际，通古今之变。它没有诗歌的韵律结构限制，没有小说章法情节的制约。可以让作者行云流水，信口拈来，长则千言，短则数语。因此，创作散文，在题材的处理、内容的取择上，可以放开来写，穿越时间，跳脱空间，在想象世界里，所谓“精骛八极，心游万仞”，此之谓“散”。

我之所以提出以上看法，实有感而发。那天从黄和叮先生手里拿到薛依云的《我把秋水山色送给你》（以下简称《秋水山色》）文稿，阅读之际，即兴起一阵阵的欣喜。

《秋水山色》分四部分：散文随笔、文化与历史、诗词书画欣赏和部落传奇故事。散文随笔十则，文化与历史九则，诗词书画欣赏十一则，部落传奇故事四则。四部分的作品，显示了我前面所说的“散”的特点，有随笔，有论文。随笔中，或论历代诗作，或探讨人生意义，或写眼前风景，或怀念当年老树，或从植树感念生命可贵，或就书本了悟其中相通世界；论文里，或从碑石，或从人物，或就移民课题，或依历史跨越，阐述文化和历史关系；而诗词书画，漫论古代诗词名作，书画精品；部落传奇故事，初读觉得和随笔相差不远，不解作者为何分为不同部分,后来才知是纯属“部落格”部分之作,和一般随笔有异。

以上所述,说明《秋水山色》的一个特色就是“散”。作者通过这一文学体制,自由发挥。或者千言,或者短章,穿越时间,跳脱空间,或精骛八极,心游万仞。或论历代人物,或据古今诗文,文史武功,禅意哲理,艺术旨趣,都包含其中。可以说,把散文的“散”的特色发挥极致。

散文的特色只是“散”吗?那不尽然。散文若只是“散”,游兵散勇,散乱无章,不足为道。王夫之曾说:

> 无论长行歌行文字,俱以意为主。意犹帅也。无帅之兵,谓之乌合。

又说:

> 烟云泉石,金铺锦帐,寓意则灵。

虽然这段话是针对诗歌而发,所说也适用于散文。散文虽“散”,但是要“散”得好,“散”得生动,“散”得有味。散文要“散”得好,“散”得生动、有味,首先得有意涵、有意致。

探究《秋水山色》中的随笔作品,深深感觉这些作品吸引人处就在于能够环绕一个中心主题,尽情上下古今,自由发挥。如以书题为名的篇章《我把秋水山色送给你》,就苏州拙政园的对联“四壁荷花三面柳,半潭秋水一房山”描绘周围景色变化,发挥个人的赏鉴。言及某诗句时,也常联系其他作者的作品而以一情之缘攀牵起来。谈拙政园以上对联，想到刘鹗大明湖的对联；从苏州沧浪亭，联想济南小沧浪亭，遥想当年一些雅集著作，梁章钜集句欧阳修和苏舜钦诗句而成的对联。类似诗话的处理，却在他的文章中以生动的笔触交融起来。

丰富的意涵是丰富经历和丰硕知识的蒸馏，在《秋水山色》中，文化历史的论文，如《历史沙尘里的燕然勒石》，从文献史料及边塞诗之作，窥探汉唐文人诗人的情怀和抱负；《甲午海战惊涛拍岸与马六甲海峡小浪花》，通过十九世纪下半叶两地的历史场景，勾画福州马尾船政学堂和新马文化人曾锦文的传奇故事；《移民与移民的历史文化语境，探究其时代意义》洋洋洒洒，论述有证有据；《小荷才露尖尖角，早有蜻蜓立上头》以短小篇幅细写天才早露古代童子谢道韫、陈如玄、骆宾王、薛涛、韩偓等趣闻逸事，另有一番风味。诗词书画欣赏文章中，多方引述古代诗人的写景、咏物之作，既写陌上花开境界，也谈冬天雪景、月瘦如刀的奇景、长啸西风的马儿，从诗作、从书画，滔滔论析。

我相当欣赏各篇作品的题目，如《我把秋水山色送给你》《攀援在阳光里的生命本色》《见书又是书：我和书房的一次对话》《小荷才露尖尖角，早有蜻蜓立上头》《有月瘦如刀：走入诗人与诗的境界》，等等。我还特别欣赏《马头墙的召唤》开篇的第一句，那股引人入胜的力量："每个人的内心，都有一个江南。"

看完这部书后，脑海中回荡由内容引发的一个问题：生活在现代社会，是应当形在魏阙之下，心在江湖之上，还是随着这物质至上的纷纭社会，与之沉浮。作者提出我在故我思，也认定存在主义的意义，但是后来多转于表露心向隐逸的怀抱，而没再为存在主义动向多加说明。在现实社会，人不但要为自己负责，也要为家人负责，不能不回避现实社会；但是人又有自己的理想，向往隐逸的生活，怀着追求的心。这两者能够得到调和吗？难说。但是有那份对隐逸的向往，有那份对禅境的追求，是要比过那庸庸碌碌的日子来得有情趣的。

黄秀娟《从〈七月流火〉看骆明的散文创作》序

文艺界朋友多以为我和骆明兄一道推动新加坡华文文艺，是从新加坡文艺研究会成立开始的，其实这只是我们合作的下半段。1976年，何家良先生担任新加坡教育出版社总经理，对华文文学高度关注的他，在出版一系列新加坡作者文集的同时，希望推出一份大型的文艺刊物——《新加坡文艺》季刊，于是请我和骆明、杜诚、谢克组织初步的编委会，并由列浦担任执行编辑。经过好几次会议后，大家同意：鉴于当时文艺界分门分派，裂痕很深，希望能把这份刊物办成一块发表不同门派作者作品的文艺园地。为达到这个目的，编委会也同意邀请有现代派文学背景的王润华参加。虽然大家推我为主编，但是骆明兄、列浦兄及谢克兄人脉广，在组稿方面用力最大，成效也最好。新加坡文艺界各路人马后来能相安共处，可说得力于何先生与各位编辑的推动。

新加坡教育出版社二十世纪八十年代改为私营公司，不能资助《新加坡文艺》的出版。何先生建议成立文学组织，以便向文化基金和其他基金会募款赞助，于是新加坡文艺研究会成立了。虽然大家选我担任会长，但是很多工作计划是副会长也就是骆明兄提出的。例如在当时四家华文报章（《南洋商报》《星洲日报》《民报》《新民日报》）每周辟设文学园地，出版《新加坡文艺》副刊，是骆明兄建议并和报馆达致协议的，后来大家也请他担任四副刊的主编；亚细安华文文学营、女性作家文学会议等等，也都是他建议的。可以说，新加坡文艺研究会的活动多是由他主要策划。因此当我担任的首届会长任满后，深知骆明兄是更适合的领导人选，也就让他接班了。

骆明兄确实是文艺领导的灵魂人物。在南洋大学读书的时候，他和几位同学组织创作社，所出版的几部作品(《夏天的街》《现阶段的马华文学运动》《马华文学的独特性》《十五年的马华诗歌》)，引起当时文艺界的高度重视。他担任华文中学教师会秘书长期间，也领导出版《中教文学丛书》。而新加坡文艺研究会(后改名为新加坡文艺协会)在他带领下，办得有声有色，不论在出版活动还是会务活动上，都有杰出的表现。不仅在新马华文文坛是个重要组织，更是享誉国际华文文艺界的文学团体。骆明兄的文艺活动和文艺作品，也成为许多学者探讨的对象。

黄秀娟的硕士论文就是这样一部论文。这部论文作品，通过多个层面(内涵、风格、不同特色)论析了骆明兄作品《七月流火》的特色，还未出版，就已在发表会上获得与会者的高度赞赏。实际上，骆明兄不仅在文学活动上有突出表现，对于文学创作也从未忽略。在二十世纪七十年代中期至八十年代初期，就先后出版了五集的游记散文《游踪》，之后又有《尘世小语》《杂说》《边鼓集》《街的那头》《昔日集》《过去的日子》等作品。我们期待更多探讨骆明兄文学活动和创作的作品的出现。

马仑《马新文人手札》序

和马仑初次见面，是我当《新加坡文艺》季刊主编的时候。《新加坡文艺》是新加坡教育出版社出版的刊物，每年春节，教育出版社总经理何家良先生会举办文学作者的联欢聚会，答谢作者们对这刊物的支持与爱护。马仑是文艺季刊活跃的作者，自然是在受邀的行列。

在聚会上，马仑知道我正整理新马文学发展的资料，遂向我提及他也在收集马华文学作者的各项信息，打算编写文学作者的传记。这当然是一件好事，我即刻表示对他这项工作的赞许与支持，只是聚会的客人很多，没有详细询问他工作的细节。当时心想，这是非常不容易的工作啊。

我为了了解一些战前作者的资料，曾经多次跑去槟城，幸得郑永美、温梓川、方北方等人的帮助，才得到七八位战前作者的资料。也曾经为了收集这些资料，知道有战前中国作者来新加坡，就立即前往访问。仍记得曾圣提先生来新加坡时，我立即前往探询他当时所编辑的副刊《洪荒》《文艺周刊》的情形，并询问其中作者的消息，然而所得的也只是这两个副刊的资料而已。我也曾经趁新加坡亚洲学会学术访问团访问中国之便，在北京、福州、广州、汕头见到了洪丝丝、马宁、吴天、吴广川、孙儒、米军等十几位作者，并做了口头访谈，但是屈指一算，虽然多年努力所取得的成果，与预想要达到的目标还是相差甚远。

马仑的计划，比我预想的要丰富得多了，如果能够成功，那真是太好了，可以为文学史撰写者帮上大忙。这是一项大工程呀，要完成确实不易。没想到不久后，1979 年他出版了《马华写作人剪影》，1984 年出版了《新马华文作家群像》，1991 年出版了《新马文坛人物扫描》，2000 年出版了《新马华文作者风采》，2010 年出版了《新马文人集影》。短短二十年间，以一个人的力量就编辑出版了这几部巨著。而从以上这几部巨著，可以看到马仑在处理新马文人资料与史料上，有以下几点特色。

第一，我曾在多个场合的讲话中表示：文学发展流程中，参与推动的不只是文学作者而已，文学团体的推动、文学副刊杂志的耕耘、文学读者的反应，都牵动着文学的发展。当我们在论述"五四"时期的文学时，当我们在论述抗战救亡的文学时，当我们在论述战前的新马文学时，更让我们深深感到文学作品以外文学经营的重要性。因此我们怎么可以抛弃这些方面不管，而只是谈文学作品呢？当然，文学作品是文学重要的一环，但绝不是，也不可能是唯一的一环。由于写作文学史者，把文学作品当作文学史唯一的一环，结果整部文学史，简直就是一部文学作品史，而不能反映文学发展的整体情况。马仑显然也认识到这点，所以在介绍马华文学人物时，不但叙述他们的文学创作，也同时论述他们在副刊、文学团体中的活动，换句话说，他兼顾文学创作与文学经营的多个方面来引介作者。1991 年，他出版《新马文坛人物扫描》，所搜集的人物，更兼及文化界中人，而统称之为文坛人物，显然是希望扩大文学人物的范畴，以进一步呈现文坛情况。

第二，从《马华写作人剪影》《新马华文作家群像》《新马文坛人物扫描》《新马华文作者风采》到《新马文人集影》。我们可以看到，在

《马华写作人剪影》中，马仑还用一些二手的资料；之后他亲力亲为，勤于联络文坛人物，或书信往来，或登门躬访，或托有关亲友查询，工作之勤奋，查询之细致，令人感叹心服。我在二十世纪八十年代曾经做文坛作者的访查工作，深深体会这项工作的困难。马仑不但克服困难，而且成果丰硕，对新马文学发展史的书写，做出重大的贡献。

第三，马仑编辑处理这些传记资料是非常细致的。举个例子说，他会见每一位作者，就一定和他合照，十几二十年下来，那照片是非常多的。马仑深知这些照片的文史价值，不像一些人只把它们当收集品收藏，或是为这些藏品举办展览展示。他知道这些照片与文学史的密切关系，想方设法把它们印刷出版。最近出版的《新马文人集影》就是这样的作品，其中收集两千三百多位新马文人的三千四百七十三帧照片。依据书中照片编排如下目录：

1.十九世纪南来及土生文人拓荒图（1815—1899）

2.二十世纪初至三十年代奇迹图（1900—1930）

3."二战"前后14年苦难（1931—1944）

4.战后20年文人影踪（1945—1964）

5.新马分家后各呈风貌（1965—1997）

6.跨世纪前后6年文人剪影（1998—2003）

7.二十一世纪——新纪元初期老中青群像（2004—2010）

据此，就能确知马仑是试图以这些照片来说明新马文学的进程的。而更令人印象深刻的，他也为书中人物名字做了音序的排列，对书中人物能知道其事迹的，也作简短介绍，每页图片上，列出各图片人物的名字。

这些工作看似简单,实际上是费神费力的。可惜的是,书中缺少凡例及编者前言,告诉我们分期的标准,以及编排处理的原则、方法。

第四,马仑显然不以出版以上这些资料感到满足。在收集这些资料过程中,他和许多文人来往通讯。有些文人已经作古,有些文人今已退休,有些文人名字响亮,但是没有人看过他们的墨迹。马仑手上存有大量这些珍贵的收藏,决定把这些收藏编辑出版。这也是另一项功德。

在学术界,为自己国家撰写文学史的学者不少,为世界、为东南亚,为欧美写文学史的也有,但是以一人的力量,收集从战前到今日的作者资料,撰写传记,并从照片展示文学发展历程,也从文人的文稿、信件,展露这些人物的心声,展示他们的墨迹,数学术界人物,马仑一人而已。

郭惠芬《中外文学交流史·中国—东南亚卷》读后

钱林森和周宁合编的《中外文学交流史》，是一项工程浩大而雄心万丈的计划，其中包括十七卷：阿拉伯卷、北欧卷、朝韩卷、德国卷、东南亚卷、俄苏卷、法国卷、加拿大卷、美国卷、葡萄牙卷、日本卷、希腊与希伯来卷、西班牙语国家卷、意大利卷、印度卷、英国卷、中东欧卷。其中东南亚卷由厦门大学中文系郭惠芬（下称作者）撰写。

书分上下编两部分，上编论中国传统文学与东南亚文学，由古代至今，内分三章九节；下编论中国现当代新文学与东南亚文学，由1919年至今，内分六大章十八节。洋洋近六十万言，可说是一部巨著。

郭惠芬能参与这浩大的计划，是作者的福分；而《中外文学交流史》编者能把"中国—东南亚卷"委托作者撰写，是幸得其人。

郭惠芬留学新加坡多年，她的硕士学位和博士学位都是在新加坡国立大学修读时完成。硕士论文和博士论文也都是关于新加坡和马来西亚华文文学的。就读新加坡期间，作者治学勤勉，几乎每天逗留在大学图书馆缩微胶卷室，翻阅早期新加坡、马来亚华文报章的文学副刊，撷取其中的丰富资料。回到家乡后，在厦门大学任教，教授的是东南亚文学的课程，发表的论文也是关于这方面。从书中所论及的东南亚其他各地的文学，可见作者依然秉持过往的认真态度，积极遍搜资料来展开她的分析，发展她的论述。她十多年都是浸泡在东南亚华文文学学科之中，所以我说编者委托作者来撰写东南亚这一卷，可以用“幸得其人”来形容。

论著上编论中国传统文学与东南亚文学由古至今的关系。第一章论析中国与东南亚的民族渊源及其文学反映。第一节论古代中国与东南亚的交往，第二节论中国与东南亚的民族渊源，第三节从神话传说看中国与东南亚的民族渊源及其文学交流，第四节从马来班顿看中国与东南亚的民族交往及其文学交流。四节中，从神话传说和马来班顿看中国与东南亚民族交往及文学交流的论析，资料丰富，分析深入。特别令人激赏的是马来班顿论析的部分，作者首先仔细介绍这一特殊的异族民歌形式，其次引例说明古代中国与东南亚马来民族交往的情况，如这类文学作品所反映的官方往来、商业贸易、航运活动，以及异族恋情等等，更将这类民歌和中国《诗经》比较，指出这类作品受到《诗经》影响的痕迹。作者也指出东南亚作者如何采用这类民歌形式介绍中国旧小说的内容，以及新加坡、马来亚华文诗歌作者如何受到这类民歌影响进行诗歌创作，论析非常细致精彩。

第二章论析中国传统文学在东南亚的传播与影响。第一节论析中国传统文学在越南的传播与影响。在这一节作者具体说明了中国传统文学在越南传播的历史经过，越南汉文文学如何仿效与借鉴中国传统文学的体裁形式，如何吸收与借鉴中国传统文学的内容与手法，并详细举述中国传统文学对越南喃文文学的影响，后一部分是本节最精彩的部分。我对这一节的节题，有个小意见。虽然本节所述的汉喃文学占据不少篇幅，然而只是本节的第三部分。前两部分所述，一是关于中国汉文化在越南的传播，二是中国传统文学对越南汉文文学的影响。第三部分才论及汉喃文学，所以节题作“中国传统文学与越南汉文文学”比较恰当。本章第二节中国传统文学与新加坡、马来西亚华文旧体文学是作者最熟悉的部分，因此论述面广且深入。在马来亚华人社会的形成与中国汉文化的传播中，作者历数了中国汉文化在新马华人社会中的传播，新马旧体文学的创作主力为中国南下官员及文人，中国传统文学对新马华文旧体文学的影响及中国与新马文学双向交流的意义等情况。从作者所列为数不少的旧体文学作者作品，以及中国各种文学体制对新马各种旧体文学影响之分析，可见作者在这些方面用心之深与用力之勤。然而有几点建议供作者参考：

一、中国传统文学，除了纸本的作品之外，立体的雕刻在寺庙的楹联，随着华人的迁移而“人移神移”，东南亚随处可见的寺庙也悬刻着丰富多彩的楹联，不但可看到中国文学的影响，也在当地的中国文化传播中起着关键的作用。当泰国和印度尼西亚强势反华、排华，泰国华文教育被废除了，学校被封闭了，华文书籍被禁止了，印度尼西亚不允许任何汉字出现在印度尼西亚社会中，携带华文报章书籍入境甚至会招致重罚。然而两地的寺庙匾额、楹联，依然默默地吐露华文的芬芳，温暖华人的心灵，传递着中华文化。

再举一例以见寺庙楹联作品的作用。泰国华侨报德善堂其中一副楹联“大公原无我存救世立苦心受界飞升起潮郡，峰岳实配天福生民惠枯骨乘风普度到暹邦”。该联昭示着该堂秉持原乡潮郡“存救世立苦心”之举，在泰国暹邦“福生民惠枯骨”。在“福生民”上，他们除了访问贫苦，拜访养老院老人、孤儿院孤儿，颁发奖助学金，支持公益活动之外，更倡办华侨崇圣大学。大学设在曼谷东郊挽那，校址所在地也是报德善堂捐献的。这可以说是古今中外慈善团体没有办法与能力进行的事业，而华侨报德善堂办到了。华侨崇圣大学有文学学院，开设本科课程及研究院课程，经常邀请中国学者到校讲述华文文学课题，是培养华文文学的摇篮。环观其他不少寺庙的楹联，常凸显中国文化在传播地区本土变迁的痕迹，以及当地人民对生活、生命的诉求。艺术创作上，这些楹联也多写得精巧细致，是难得的传统文学作品，作者今后可多留心这方面的文献。

二、新马文学副刊的创设深受中国影响，在登载旧文学作品中，马来亚《槟城新报》所创设的旧体文学副刊《诗词专号》，自 1930 年创刊，至 1936 年停刊，所刊载诗词作品，数以千计，也应一提。

论著第三章讨论中国传统文学在东南亚的移植与影响，所论述的国家包括泰国、越南、柬埔寨、印度尼西亚、新加坡、马来西亚（马来亚）。这一章是本论著非常精彩的一章，特别是中国文学作品在各个国家翻译、译介数据的整理与论述，多个表格可令读者清楚看到各类作品的名称、译者与翻译或出版年代，于此可见作者的勤力收集与精心编辑。影响的论析也多能依据年代的先后予以条理的表达。最精彩的部分是第三节中国武侠小说在东南亚的移植与影响，内容分别论述其在印度尼西亚、泰国、越南、柬埔寨、缅甸的移植与影响。一般来讲，谈论东南亚华文文学，甚少涉及武侠小说，作者这一节可以说别开生面。武侠小说原属传统文学的一部分，本应在传统文学的章节下论述，作者将它独立成一节，就是要突出它的重要性与精彩性。读这一章时，想到的是十九世纪至二十世纪初流传于广东的“粤讴”，也称“越讴”“解心腔”。清嘉庆年间，冯询、招子庸在木鱼歌和南音的基础上发展成这类曲艺。招子庸曾编撰《粤讴》一书收集这类作品，并使这类作品广泛流传，引起研究界，甚至国际文学界的注意。英人金文泰曾将此书译为英文出版，葡萄牙人庇山也译为葡萄牙文出版。它不但影响中国港澳地区，也普遍登载于新马各报章，早期新加坡报章如《图南日报》《振南日报》《南侨日报》等，马来亚报章如《槟城新报》《益群报》等，都刊载数以百计的粤讴。粤讴是当时非常普遍的文学体制，作者熟读早期新加坡和马来亚华文报章，理应在这一节或上一章中有它的位置，可是却付之阙如，甚为奇怪。

由于时间跨度太大，在数据处理上，在文稿写作上，确实很难掌握。以上所提，也许对作者过于苛求了。

论著下编论述1919年至今的中国现当代新文学与东南亚文学，如前所说，共分六章：中国“五四”新文化运动与东南亚华文文学，中国无产阶级革命文学运动与东南亚新兴文学，中国抗战文艺运动与东南亚抗战救亡文学，中国“文化大革命”文艺思潮与东南亚“文革潮”文学，中国现当代作者、南下作者与东南亚文学，东南亚留中作者、归侨作者、其他民族语种作者的文学交流活动。前四章通过三个运动一个思潮展开论述。从1919年至今，也有近百年，如何综合论述这近百年的中国与东南亚文学的关系，是个很难切入的问题。而作者取这近百年的四大事件为基点论述，是个灵巧的抉择。在论述中，作者对各事件的兴起背景、传播过程等多加详细说明。后两章则偏重于作者作品的介绍，论著也收集并论述了许多作者与作品。这是作者硕博论文涉及的部分，资料之丰富与分析之深入，不在话下。

关于论著下编，我有几点意见：

一、在传播的途径上，传播的道路不一定是顺畅毫无阻力的。接受方接受和不接受是常有的事，只论接受而不理不接受并不能全面反映传播的情况。“五四”新文化运动的单方面传播，中国意识的过度强调，终于迎来二十世纪二十年代中期之后的“喝椰汁多过于大禹治下的水”的呼喊。“抗战文学”口号的移植，也迎来文学作者的不满而有“华侨救亡文学”的口号的提出，抗战救亡时期南下作者掌握文坛中心位置，遂迎来战后一些作者不满侨民文学而提出“马华文艺独特性”的口号。接受与不接受的情况在新马文坛历历可见。

二、作者虽然在文学传播中谈及文学团体等在推动文学传播所起的作用，但是用力尚嫌不足。在新马华文文学发展历程中，文学经营在推动中国文学的传播方面贡献是巨大的。文学副刊在推动革命文学上，并不是个别的行动，从各副刊编者的发刊词和之后文章的刊载，可以看到在不同的副刊编者群策群力进行传播。抗战救亡时期，一大群戏剧团体在抗战的大旗下，在都市、在城镇、在乡村进行演剧宣传。演剧的场面、过程是动人的，所演出的剧本如《三江好》《最后一计》《林中口哨》《卢沟桥》《血洒晴空》《飞将军》《民族公敌》等等，都是中国剧本。内容都是有关抗战的，而武汉合唱团和新中国剧团南下新马演出所造成的巨大反响，更是这时段抗战文学的盛事，因此动态的文学传播，是比静态的文学作品更容易引起社会的共鸣的。新马独立后，推动文学的机构依然在中国和有关地区的文学交流中发挥极大的作用。二十世纪八十年代新加坡华文报章在新中建交前设立多届国际文学文艺营，打破禁忌，邀请中国名作家如萧乾、萧军、艾青、姚雪垠、秦牧等数十位与会演讲，开启新中文学的交流，至今仍是文坛盛事。汕头、厦门等多项文学会议、出版等等的推动，也是促成中国和东南亚文学关系的重要动力，它们并不是列在书后大事记的项目，而应有专章细论。

三、第九章东南亚留中作者、归侨作者、其他民族语种作者的文学交流活动第一节下，先是说明上海暨南大学南洋侨生作者群的文学交流活动,其次论述马来西亚、新加坡和文莱留台作者群的文学交流活动,再次简述东南亚其他留中作者特别是泰国作者的文学交流活动，可是遍寻不到东南亚文学作者与中国港澳文学关系的论述。在新马一些作者前赴中国台湾之前,中国香港和新马的文学关系是非常密切的,根据我的统计,中国香港许多作者不仅在新马发表文学作品,从二十世纪五十年代至新加坡独立前,由于出版的困难，新马文学作者在中国香港出版的华文文学书籍不下一百四十本。在新马,这可是不小的数目。中国香港刘以鬯所编的《香港文学》,也常刊登新马作者的作品。而中国香港三联书店在编辑忠扬的推动下,曾出版新马华文文学的研究丛书。留港读书的新加坡文学人士中,如周望桦、孙爱玲,也是非常活跃的新加坡作者。所以只谈留台新马作者,而不论新马华文文学与中国香港的交流活动,是一大缺失。

以上是我读这部论著后的一些感想。我所涉猎的只是新马华文文学,新马以外其他地区的东南亚华文文学,所知甚少。我只能依据我所知道的新马华文文学提出一些意见，如有以偏概全的地方,请多多原谅。

评苏庆华《过番歌研究》

1984年,我开始整理收集内容关于于战前华工生活的新马文学资料,这些华工绝大多数从中国南来。为了了解他们南来的背景,我除了搜集当时他们迁移的原因、有关当局的移民纪录等资料之外,更趁几次到中国学术参访的机会,在广州、福州、泉州、汕头等地的历史学会和侨联团体的帮助下,访问曾经南下新马后来返回中国的文学作者,了解当时华工生活情形,以及他们通过写作反映华工生活的原因。访问过程中有幸得到一些潮州话、广东话及客家话过番歌,回来后除了写成《战前新马文学作品所反映的华工生活》一书外,更在书后附录了所得到的过番歌谣。

当时我会在主要工作外注意过番歌的收集,和我的文学史观有关。我一向有这样的看法:“五四运动”虽然带来了华文文学界的巨变,白话文学代替旧体文学成为文学的主流,然而旧体文学就从此死亡了吗?在“五四”以前,文坛流行的,不但是旧小说、旧诗词、旧体散文,还有不少民间流行的文学样式,以中国广东、中国香港、新加坡和马来亚来说,就有粤讴、班本、龙舟歌等等。这些文学样式,有些的确在新文学的冲击下式微了,但是它们就应该从文学发展流程中被消除了吗?如果不是,为什么当前的现当代文学史和世界各地华文文学史,只是写及白话文学,完全忽略旧体文学以及曾经盛行于民间的过番歌、粤讴、龙舟歌等等体制呢?

比起旧体文学和其他民间流行的文体，过番歌我比较少看到，但是旧诗词，在“五四”之后，依然香火不断。以新马为例，二十世纪三十年代《槟城新报》副刊《诗词专号》，接连出版了六七年，刊登的诗词作品就数以千计。再以二十世纪二十年代流行的粤讴为例。粤讴，在新加坡和马来亚都有它的市场，获得编者和读者的钟爱。当时马来亚的《益群报》和《槟城新报》，新加坡的《叻报》《振南日报》《南侨日报》《中兴日报》《国民日报》等等，都刊登粤讴的作品，甚至一些小报小刊也不乏这类形式的篇章，而这一切都在现代的文学史著作中付诸阙如，确实令人感慨。

由于没法搜集较多的作品，以致我所出版的华工生活书中讨论，加上当时我正致力于报章文学副刊的整理与论析，没有进一步搜集过番歌谣的准备，因此只在所出版的华工生活书后，附录所收到的过番歌作品，并呼吁学界应多关心这类作品的搜集，也曾请当时新加坡亚洲研究学会会长林孝胜先生多留意过番歌的资料，希望他在这方面多做些工作，可是之后没有看到全面收集这类作品计划的出现。

时隔十几二十年，当我听到苏庆华先生正收集这方面的歌谣时，心中就有殷切的期待，而今更收到苏先生所著《过番歌研究》一书，真可说是喜出望外了。可以说，单是收集这类歌谣之举，就是一项功德。

苏先生《过番歌研究》一书，除绪论之外，共分五个部分，分别论析闽、客、琼、潮、粤五大方言的过番歌。五大方言涵盖大部分的这类歌谣。这五大方言过番歌的收集，始于二十世纪九十年代末，不过比较全面收集、整理是在 2010 年前后两次学术假期。第一篇《客家族群过番南洋的共同历史记忆——以客家过番歌为探讨中心》，是参加广西北海市于 2010 年 12 月 1 日举办的“国际客家学文化学术研讨会”的论文。第二篇《南洋过番歌的历史记忆与风土特色——以南洋与闽省侨乡流传的过番歌为探讨中心》，是参加台南成功大学于 2012 年 4 月 28 日举办的“2012 闽南文化国际学术研讨会”。第三篇《无可奈何炊甜粿——潮州过番歌研究》和第四篇《怕死不来番——海南族群过番歌研究》分别在 2013 年 9 月及 12 月发表于台南成功大学《中文系学报》和新加坡《南洋学报》。第五篇《广东过番歌研究——以珠江三角洲和邻近沿海地区粤语系过番歌为例》当是在 2014 年发表于《马来西亚华人研究学刊》。从这里可以知道，苏庆华先生《过番歌研究》一书资料的收集与整理和写作主要是从 2010 年至 2014 年完成的，前后大约五年，用功之勤，令人叹服。书中收集过番歌不少，从各篇论文来说，做得用心，分析亦甚深入。这书正如美国哈佛大学伊维德博士所赞许的：“苏庆华教授花了大量心血收集了(闽、粤、客、潮、琼)这些地区的过番歌资料并对这一题材进行分析。他的注解方便了更多读者赏析这些歌谣。此书所录的歌谣本身就是对学界的重要贡献。但在我看来，注释工作的重要意义较之歌谣则有过之而无不及。当下，大多数的方言文学研究侧重于某一种方言文学传统，而苏教授同时将五种方言作品拿来做比较研究，这开拓出传统方言文学研究的新领域。”

然而，就因为《过番歌研究》这书是五篇论文合集而成，因此这书只能说是过番歌研究论文集。由于是论文集，书中有不少地方屡屡出现重复的叙述。如第一篇前言：过番，又作来番、落番，是指出国到南洋(东南亚一带国家)谋生。早年南洋未开发之时，遍地荒野，过番绝不是一件美事。同样的文句也出现在第二篇论文的前言。又如第一篇所列南洋迁民离开中国原因的图表，也见于第二篇。其次，属于落番各方言族群共同背景与历史记忆的论述也分插在各篇之中，如第一篇第二节近代华人过番下南洋的时代背景，其中所述，是各方言族群的共同遭遇，不应只在闽籍过番歌中论述。会造成以上情形，关键在这是一部论文集而非专书。由于是论文集，我还注意到一些篇章之后有小结，小结之后又有后记。而且，关于此书出版缘起的叙述，不置于绪论或前言中，反而附录在书后，甚是奇怪。这也是急于出版留下的弊端。

过番歌收集整理论析非常不易，这是一项不小的工程，对全面展现新马文学发展来说，也是一项功德。我诚挚地希望，苏庆华先生能在这部论文集的基础上，再收集更多的资料，重新整理章节，给我们写一部过番歌的专书。

讲评龚鹏程《述学》

我和龚鹏程先生认识有三十四年之久。1985年台湾举办第一届中国古典文学国际学术会议，我受邀参加。当时大会安排我讲评龚鹏程先生的一篇有关诗史的论文。讲评之前，台中大学一位老师跟我说，龚鹏程先生是一位非常狂妄的学者，叫我讲评时要非常小心。但是我在讲评后，跟龚鹏程的见面，反而是结下非常坚固的友谊。三十多年来我们在学术互动，以及在推动文化上共同做了不少的工作，早些时候我觉得龚先生确实有些狂，但是狂得有理。现在的他，已经是一个温文尔雅的学者了。

学界常常会提到龚鹏程先生著作涉及的范围杂，我的印象也是如此。就以他这部书《述学》来说，书分诗、书、易、礼、春秋五卷，每一卷谈的部分，也都非常广泛。拜读这本书之后，对所说的龚先生论述的广泛有另一番了解。贺总说龚先生的述学是建立在非常渊博学问基础之上，确实是这样。他的这种渊博，又和他的家乡江西学术气氛广阔有关，以及他父亲对他的影响，族人给他武术、道家思想的启发。加上他个人非常聪明，知识方面又非常渊博，这些就建立起我们看到的《述学》这本书所谈的方方面面。而这种方方面面的形成，我还有一种感觉，就是《述学》书中他提到的他的学问重点并不在"我"，主要在他所思所感，多方面探索、多方面发挥的论理。由于不拘束在"我"，遂造成他可以自由奔腾。

《述学》所涉及方面极为广泛。在论述这些广泛的多方面时，我们同时也看到他纵横挥洒的气度，原来龚先生现在的狂，不表现在言语上，而是沉潜在文字中了。

第二点，我对龚鹏程先生的《中国文学史》这本书的感受和大家有一些不一样。文学史主要是通古今之变，龚鹏程先生对文学发展的认识和了解，不但注重这个时间的古今之变，更在于空间上的通，这个通，呈现在文学思潮的移动上、作者地理的移动上，等等，这样的通，用龚鹏程先生常用一句话来讲就是“游的文学”。因为他有这样的认识和观点，因此他的文学史观中，游也就是移动乃成为非常重要的部分。他的文学之游，不但游在中国境内，更游到世界各地，这个到世界各地的游，他也称之为散离。这样的一种认识，使得他更进一步关注与论述中国境域之外的世界华文文学了。

谈到世界华文文学，有学者称中国现当代文学之外的其他地区的文学，为“世界华文文学”，这一点很不恰当。从字面看，显然是将中国现当代文学和世界华文文学对举，也就是表示中国不在世界里面。这种自我摒弃在世界之外的思维，是令人不敢苟同的。曾经有人这样打趣：如果我们要编一部世界华文文学作品选集，由于中国现当代文学是和世界华文文学区分的，这部作品的正确名称当为《世界（中国之外）华文文学》，这不是很滑稽的吗？

龚鹏程先生对世界华文文学是非常关心的，但是在谈到世界华文文学时，并不纠结于这个概念的分辨。他从其他角度谈这个问题，他通过全球—地方关系架构角度来谈，认为在“全球—地方”架构之上，应该有一个更高的华文文学新世界理念。他说因为有大量华人移民，移动又是那么频繁，早已使传统国籍与疆界难以界定。俄而马来西亚作家移居中国台湾，俄而中国台湾作家入籍北美，他们属于哪一国不易确定,也不重要。华文作家唯一的身份,只是他的华文写作。国界之分没有很重要,中心跟边缘之分也没有意思。在这种情况下,我们是不是应该从另外一个方面来看待这个问题,从一个更高点来观察。在这样一个情况下,他表示整个世界华文文学架构、书写要摆脱本土论述和认同之间的紧张关系,来讨论和建立另一个更高的关系。现今国家之上逐渐有了一种不同于国家的互动和法律形式。这个(国家之上)的社会中的秩序,是由其中个体依符号互动而形成的,因此它不是一种凝固的、僵硬的秩序,谁一定是老大,谁一定是中心。过去我们说文学界时,这个界,只是国家内部的一小块疆域,是烽火外一处小小的,让人心灵暂时栖息的桃花源。现在这个文学世界已形成了超越国界的世界华文文学新世界。在这个新世纪、新世界中,他建议采用这个新的架构和思维来正视华文文学书写已然全球化的现象,摆脱近年本土论述和离散认同之间的紧张对立关系,动态地建立华文世界新秩序。

多年来我游走在古代文论和世界华文文学范围之间,今天只能从龚鹏程先生《述学》的丰富内容中的这两个方面提出一点浅见,谢谢。

骆明编十部《新加坡经典作品集》讲评

我想在这发布会上提出两个问题，有时间的话，加多一个问题。

第一个问题：文学作者和作品定位的问题。

今天出版的这十部书籍，称为《新加坡经典作品集》，编者骆明在序言中用不少文字说明这十部书籍作者为新加坡所做的努力、作品的内容与新加坡的关系。要问的是，这些用心良苦的说明能确定这十部作品符合称为新加坡文学丛书的标准吗？这些作者可以称为新加坡文学作者吗？文学作者身份是文学界经常提到的问题。

十位作者，都在中国出生，而且在新加坡或马来亚居住的时间多数只有三五年，最短的老舍，更不到一年。十部文学书籍，也多在中国内地和中国香港出版。这里，带出几个问题：

第一，只在新马逗留半载，多的也只有三五年的作者，可以称为新加坡作者吗？其作品不在新加坡出版，可以列为新加坡作品吗？

我的意见是："二战"以前，大多数文学作者都是从中国南来，即使"二战"以后，南来的也不少。他们在新加坡、马来亚发表作品，编辑刊物，领导文坛剧坛，推动文艺发展，为新马文学写下光辉的历史。有人认为这些中国作者，他们到新加坡、马来亚，不过到此一游罢了。他们的作品只能列入中国文学的一支，不能称为新马文学。也有人更将这些文学作者对新马文学的影响视为文学霸权。对这些见解，我们有什么看法？

我曾经说过，如果把这些作者作品拒绝在新马文学历史之外，根本是把我们的文学版图割让给他人，绝不可取。而将战前战后中国对新马的影响视为文学霸权，是意识形态在作祟，也非常不好。关键是我们如何定义新马华文文学，如何看待新马文学。

我们应当持宽阔的胸怀来看待这个问题。每个时期都有不同的政治环境、社会环境、文化环境。如骆明在前言所说的，战前的新马，是殖民地社会，是一个充满大量外来移民的社会，近来文坛除了本地出生作者外，又出现不少新移民。过去是许多作者涌来新马，而最近却是双程的，有新移民涌入，也有不少本地作者在外地发表作品、出版书籍。从更大的层面说，今日中国作者也好，新马作者也好，甚至欧美纽澳华文文学作者也好，他们或者留学，或者工作，或者文学交流，跨国跨界进行文学活动的，非常频繁。举些例子说，马来亚不少作者在中国台湾留学，甚至在中国台湾工作，他们在中国台湾写作，发表作品。如果我写台湾文学史，我会把他们列入史册中。换句话说，他们可以是马来西亚文学史的部分，也可以是中国台湾文学史的部分。尤今旅游中国及世界各地，写中国及世界各地社会人情景物，作品在海峡两岸发表，在海峡两岸文坛有重要的地位。主席蔡曙鹏，在日本演出，在中国各地演出，在美国演出，那些国家的演出史，如果把新加坡蔡曙鹏的演出写进去，只会丰富他们的演出史。我们现在谈世界华文文学，不应该只是国别文学的综合，纯粹从政治的区别来谈论世界华文文学，不能见其宏大，我们应该着重在世界大伞下各个国度和地区文学的关系。它的文化关系更重于政治关系。我们应该在中华文化大伞下观察与论述各个区块的文学流动，以及和他们之间的关系。

至于将中国南来作者对新加坡的影响视为“文学霸权”的说法，

是很难令人接受的。新马华文文学,特别是过去的新马华文文学,比之于海峡两岸,是力量较弱的地区,外来的影响无可厚非。重要的是我们如何看待这些影响,以及它对新马文坛所起的作用。如果说中国大陆文学对新马的影响是一种霸权,中国台湾现代文学对新马的影响何尝不是另一种霸权。在这全球化的时代,文学影响是不断在进行着的,以霸权论述文学影响,是意识形态在作祟。我们不能拒绝文学的影响,事实上文学影响也不是我们主观力量所能左右的。所以我说非常不好。

骆明出版这十位曾经在新加坡、马来亚文坛努力过的作者的作品,并列为新加坡文学丛书出版,是可以肯定的,而他为出版这十部作品所付出的用心和努力,应该给予高度的赞赏。

至于十位作者,是否在新马出生,其作品是否在新马出版,就我前面所论述的标准,都不成问题。

第二个要谈的问题:文学的本土性、本土色彩的问题。

我曾经用本土意识与侨民意识的消长来分期论析新加坡独立前新马文学的发展进程,中间曾提及本土性或本土色彩。在中国台湾给硕博班学生讲课时,说到一些学者对本土性、本土色彩问题的论述,就迎来同学的挑战。有同学对论者从描写景物,从方言的应用层面来论述本地色彩提出质疑。说如果椰风蕉雨是属于新马的本土色彩,那么高雄也有,而高雄不属于新马,说榴梿属于新马,那么泰国更多,泰国也不属于新马。此外,方言如"后尾",新马有,中国台湾地区也有;"边度",新马有,中国香港也有,中国广东也有;"satu""亚答屋""纱笼",新马有,印尼也有。这一切不是专属新马的特殊性,不能说是新马专有的本地色彩。

这就牵涉怎样来认识本土色彩、本土性?景物、方言等只是本土性的其中一些方面，绝对不能把它们当主要的方面论述，主要的方面应当置于所描述的社会、政治、文化、历史，以及作者所描述抒发的情怀之中。新加坡别有特色的集选区，特殊的政府劳资三方关系、糅杂多种语言在一块的表达方式，很大不一样的组屋文化，甚至小如寺庙组织的联合庙，等等，多能凸显本地的特殊性。即使是全球化的麦当劳，在某个地方，为适应当地消费者，在食材上，在作料上，也会变化更适合本地口味，这就有本地性。论者应该在这些方面多加用心，如此，我们更能深入地发掘文学的本土性、本土色彩。编者骆明在丛书后记论述文学本土性的努力，大家可以参考。

这里的十部作品，内容多以新马为题材，所描写的景色事物、语言采用，政治、社会、文化、历史等方面的描绘，作者所抒发的情怀等，其中一定有种种的特殊性，如果从这些方面探索，本土性也就能够凸显了。

第三，文学定义的问题。

什么是文学？过去和当前，论者谈这个问题，诸如文学是抒发作者情感、思想、所感所闻等的艺术，或更广义的，一切书写的文字为文学，这些所称的文学，其实是指文学作品而言。但是文学就等于文学作品吗？我们谈“五四”时期的文学，一定论及《新青年》等杂志，一定会谈到文学研究会，谈到创造社，谈战前的新马文学，一定会论及文学副刊，因为新马在文学作品集还没有涌现之前，推动文学发展的，不只是文学作品，还包括文学媒体、文学团体的活动。论述文学发展只着重文学作品，其实是只看到树木，而不见丛林。我要说的是，文学指的应该是丛林，而不只是树木。只看到树木而不顾丛林的学者，谈文学，只知作品，而不顾文学活动，包括媒体活动，团体活动、出版社活动。事实上，在文学园地里，文学作品与文学经营是同样重要的。经营文学的如文学媒体，在其主张下，可以引导文学作者的写作，十位作者中的许杰，就看到这个重要性，所以在主编的副刊枯岛中，和当时的其他副刊编者，如新加坡文艺周刊的曾圣提，椰林的陈炼青，槟城南国的雨声的林姗姗，新加坡荒岛的张金燕等，呼吁建设南洋色彩的文艺，引导写作者开展当时很有特点的南洋色彩的文艺，并对后来新马文学的发展发生重大影响。单是论析当时的文学作品是没法说明当时的文学特色的。我感到奇怪的是，人们谈戏剧，不会只是把戏剧单指剧本，而是包含演出活动，剧团活动，为什么说起文学，则简单的只指文学作品。在新批评理论流行的二十世纪六七十年代，论者更高度强调文学作品内在艺术的特质，甚至认为文学史只要论述作品发展的情况就可以，极端的甚至建议只要有历代文学作品选的讲述，就无须开设文学史之类的课程。这也导致一些文学史作者，只将文学发展分成几个时期，每个时期论述几个代表作家与作品，就称这是文学史了。这样的文学史，我们能接受吗?

我认为，文学史必须包含文学经营与文学作品两个部分，一点也含糊不得。今天我们谈论的好几个作者，谭云山、许杰、王哥空、马宁、吴天、风人，都曾经担任副刊编辑，谭云山、吴天、冯蕉衣曾经是当时文学或戏剧团体的负责人，我们谈这些人的作品，如果再联系他们文学经营的理念，更能了解这些作者和他们的文学。

骆明用心出版这十部文学作品，就是文学经营的部分，也是他一直以来重视文学经营的延续。论骆明，离开文学经营这一块，绝对是非常不完整的骆明。蔡曙鹏，为舞蹈戏剧艺术国内外奔波，谈蔡曙鹏，哪能离开他的艺术经营。

所以我说，什么是文学? 文学绝对不等于文学作品。文学应当包含文学作品和文学经营，只是从文学作品的层面谈文学，是狭隘的，不全面的，只是从文学作品的层面写文学史，也是片面的，那只能称为文学作品史，不能代表文学发展的历史。时间关系，我就说到这里。